KB172211

꿈이 보내온 편지

꿈이 보내온 편지

1쇄 인쇄 · 2018년 4월 25일
1쇄 발행 · 2018년 5월 3일

지은이 · 박지영
펴낸이 · 한봉숙
펴낸곳 · 푸른사상사

주간 · 맹문재 | 편집 · 지순이 | 교정 · 김수란
등록 · 1999년 7월 8일 제2-2876호
주소 · 경기도 파주시 회동길(서패동) 337-16
대표전화 · 031) 955-9111(2) | 팩시밀리 · 031) 955-9114
이메일 · prun21c@hanmail.net
홈페이지 · http://www.prun21c.com

ⓒ 박지영, 2018

ISBN 979-11-308-1334-9   03810

값 14,800원

저자와 합의하여 인지는 생략합니다.
이 도서의 전부 또는 일부 내용을 재사용하려면 사전에 저작권자와 푸른사상사
의 서면 동의를 받아야 합니다.
이 도서의 국립중앙도서관 출판시도서목록(CIP)은 서지정보유통지원시스템 홈
페이지(http://seoji.nl.go.kr)와 국가자료공동목록시스템(http://www.nl.go.kr/
kolisnet)에서 이용하실 수 있습니다. (CIP제어번호 : CIP2018012789)

푸른사상
산문선

23

꿈이
보내온 편지

박지영 산문집

푸른사상
PRUNSASANG

나는 꿈을 많이 꾼다. 그래서 내가 미처 꾸지 못한 꿈들이 걱정되기도 한다. 말이 되지 못하고 그냥 스러져버릴 꿈들에 대해서 말이다. 예전에는 꿈을 무심히 넘겨버렸다. 그런데 언젠가부터 꿈은 나에게 보내오는 신호 같기도 하고 메시지며 신이 전하는 계시 같아서 기록하게 되었다. 꿈은 나의 소중한 자산이다.

사람은 잠을 자고, 잠 잘 때 꿈을 꾼다. 꿈을 안 꾼다는 것은 자신이 기억하지 못해서이고 꿈을 억압하기 때문이다. 꿈이 없는 잠은 건강하지 못한 잠이다. 우리는 꿈이 비현실적이라는 것을 안다. 그래서 꿈에 윤리 도덕의 잣대를 들이댈 수 없다는 것도 안다.

어떤 꿈은 현실에서 그대로 재현되는 경우도 있고 어떤 꿈은 황당해서 피식 웃고 말 때도 있다. 가끔은 오랜 시간이 지난 다음에 그 꿈이 재해석되기도 한다. 꿈은 소원 충족의 메시지가 담겨 있다고 프로이트가 말했듯이 내 욕망이 바로 꿈속에 드러나는 경우도 있다. 낮에 일어났던 일들이 꿈으로 나타나기도 하고, 해결하지 못한 일의 실마리를 가져다주기도 한다. 꿈은 들여다볼수록 경이롭다. 꿈이 없었다면 우리는 정상인으로 살아가기 어려웠을지도 모른다. 꿈은 내가 잃어버린 것을 잊어버리지 않게 되찾아주려고 나에게 편지를 계속 보내는가 보다.

내 안에 어떤 힘이 나를 끌고 가는 것 같다. 난 그걸 풀어내기 위해 쓰고 또 쓴다. 밤에 꿈이 있다면 낮에 꾸는 꿈은 몽상이다. 산문집은 나의 사유의 기록이다. 시를 쓰면서 머릿속에 맴돌던 말들을 산문으로 풀어놓았다. 그동안 신문에 연재한 칼럼과 시작 노트 그리고 메모에서 원고를 추렸다. 내게는 심오한 철학이나 이론을 담을 만큼의 지식은 없지만 작으나마 꿈에 대한 나의 생각이 이 책을 통해 넓혀지길 바랄 뿐이다. 마침 푸른사상사에서 부족한 원고를 맡아 책으로 엮어주시니 감사하다.

서재에서 4월에

꿈이 보내온 편지

2 시여 내게로 오라

3 자화상

4   숨구멍

사진   김종명

입이 붙어서

우리는 꿈을 말하는 것을 터부시하고, 개꿈이라거나 꿈은 현실과 반대라고 치부해버린다.

그러나 꿈은 현실에서 이루지 못했거나 이룰 수 없었던 것들을 이루게 해준다.

꿈은 소원 충족에 기반을 두고 있다. 사람들은 자기가 소원하는 것을 꿈꾼다.

꿈과 시

꿈은 무엇보다도 독창적이고 창조적이기에 오롯이 작가 자신의 것이다. 꿈은 누가 대신 꾸어줄 수 있는 게 아니다. 꿈은 그 자체로 존재한다. 꿈의 존재 방식은 시의 존재 방식과 유사하다.

시가 독창적이어야 하듯이 꿈도 그 사람이 아니면 꿈꿀 수 없다. 시가 사람의 마음이 움직이는 세계에 질서를 부여하는 것처럼, 꿈도 환상적인 요소를 가지고 있지만 그 나름의 질서를 가지고 있다. 꿈은 꿈을 꾸고 있는 자기를 바라보는 시선이 있듯이 시도 시를 쓰는 자기를 바라보는 자기 검열이 있다. 시의 언어 표현법이나 꿈에서의 말이나 둘 다 내용이나 묘사, 진술보다도 암시와 상상 그리고 상징이라는 것이 닮았다.

나는 요즘 꿈에 관심이 많다. 꿈이나 환상이 더 시적일 수 있기 때문이다. 꿈은 나와 나를 둘러싼 어두운 세계와 소통할 수 있는 유일한 통로다.

꿈이 보내온 편지

봄밤은 짧지만 춘곤증 때문인지 나른해서인지 꿈이 더 많아진 것 같다. '꿈'하면 일본의 구로사와 아키라 감독의 영화 〈몽(夢)〉이란 작품이 떠오른다. 〈몽〉은 여덟 편의 단편을 묶어놓은 영화다. 그 첫 번째 꿈 영화가 〈여우비〉다.

맑은 하늘에서 갑자기 소나기가 쏟아진다. 어머니는 어린 아들에게 "여우가 결혼하는 날이구나. 여우는 사람이 보는 걸 싫어하니 숲에 가지 말아라"라며 빨래를 걷어 집으로 들어간다. 아이는 호기심에 어머니 몰래 숲으로 간다. 삼나무 숲에서 놀랍게도 여우들의 결혼 행진이라는 신기한 광경을 보지만 걸음을 옮기다 그만 바스락 소리를 내고 만다. 여우들은 행진을 멈추고 소리 나는 곳을 찾으려고 주위를 둘러본다. 여우에게 들킨 아이는 집으로 도망 오고, 대문에서 기다리던 어머니는 아들에게 "너는 여우를 화나게 했으니 여우에게 용서받기 전에는 집에 들어오지 말아라" 하고 냉정하게 대

문을 닫는다. 아이는 무지개가 떠오른 숲으로 여우를 찾아 나선다는 내용이다.

남의 꿈을 들여다본다는 것도 흥미로웠지만 영상과 환상이 어우러져 묘한 울림이 꽤 오래 남는 영화다. 이 영화에서 나는 소년 구로사와 아키라의 무의식을 접할 수 있었다. 구로사와 감독은 어린 시절의 꿈을 현실에서 재현해내고 싶었나 보다. 사람은 하루에 6~7시간의 잠을 잔다. 두 시간 간격으로 렘 수면 상태에 들게 되는데, 꿈은 이때 꾼다. 하룻밤에 두세 번 꿈을 꾸게 된다. 낮의 잔재나 생리적 자극, 어린 시절의 체험, 억압된 관념, 정신적 상처 등 평소에 관심을 가지고 있었던 일들이 꿈의 소재다.

우리는 꿈을 말하는 것을 터부시하고, 개꿈이라거나 꿈은 현실과 반대라고 치부해버린다. 그러나 꿈은 현실에서 이루지 못했거나 이룰 수 없었던 것들을 이루게 해준다. 꿈은 소원 충족에 기반을 두고 있다. 계속 반복해서 자주 꾸는 꿈은 악몽에 속한다. 악몽의 경우도 그 꿈을 분석해보면 소원 충족의 의미가 강하다. 서양 속담에 거위는 옥수수 꿈을 꾸고 개는 뼈다귀 꿈을 꾼다는 말이 있다. 이렇듯 사람들은 자기가 소원하는 것을 꿈꾼다.

나의 네 살배기 손자는 배탈이 나서 며칠 미음을 먹었다. 잠에서 깬 아이는 제 어미에게 "나 라면 먹었어. 맛있어"라고 했다. 먹고 싶었던 것을 꿈속에서 먹은 것이다. 또 어느 선생님의 딸은 키가 커서 학급에서 맨 뒷자리에 앉는다고 한다. 그런데 하루는 "아빠, 꿈에 앞줄에 앉았더니 칠판이 잘 보여서 좋았어요" 하기에 서둘러 안

과에 데려갔더니 시력이 나빠졌다는 것이다. 부모들은 자녀의 꿈을 듣기만 해도 자녀들이 부모에게 말하지 않았던 문제의 실마리를 알아챌 수 있다. 자녀들이 요즘 무슨 생각을 하는지 어떤 일이 있는지 알고 싶다면 꿈을 말하게 하고 들어주면 된다. 꿈은 자신을 들여다보는 아주 소중한 자산이다. 자신의 무의식적 욕망을 반영하고 있기 때문이다.

사실 꿈의 의미는 꿈꾼 사람이 가장 잘 안다. 역으로 꿈의 해석을 통해 내가 이루고 싶었던 소원을 추적해낼 수도 있다. 나는 꿈 일기를 쓰고 있으며 주변에도 꿈 일기를 권하고 있다. 전날 꾼 꿈을 생각나는 대로 쓰면 된다. 그런데 아침에 일어나서 물 한 컵 마시고 오줌 한 번 누고 나면 꿈은 사라지고 만다. 그러니 아침에 일어나자마자 꿈 내용을 다 적으려고 하지 말고 중요한 단어 서너 가지만 메모했다가, 떠오르는 생각들을 사소한 것 하나라도 빼놓지 않고 꿈 일기를 쓴다.

구로사와 감독은 어린 시절의 꿈을 소홀하게 다루지 않고 소중하게 간직했기에 영화로 제작할 수 있었다. 꿈은 내가 또 다른 나에게 보내는 편지다. 꿈편지를 소홀히 다루지 말고 어떤 메시지가 있는지 열어보아야겠다.

꿈 일기

프로이트는 꿈과 무의식의 지대를 탐구하는 새로운 학문의 길을 열어놓았다. 꿈은 더할 나위 없이 아름다운 시학이고 뛰어난 비유를 가지고 있으며 비할 데 없는 멋진 유머와 절묘한 아이디어를 가져다준다. 그러한 꿈을 따라가면 무의식과 만나게 되고 내면의 목소리를 들을 수 있다.

꿈을 해석하지 않고 두면 계속 반복해서 꾸게 된다.『탈무드』를 보면 "이해되지 않은 꿈은 뜯지 않은 편지와 같다"는 구절이 있다. 무수히 꾸는 꿈을 해석하지 않으면 꿈은 해석되기를 기다려 반복해서 꿈을 꾸게 된다. 꿈은 내가 나에게 보내는 편지다. 간혹 나는 꿈 일기를 들춰보면서 아하! 할 때가 있다. 그러면서 잊었던 일들을 떠올리기도 한다.

알람

아침에 알람을 못 들었다. 분명히 알람을 맞춰놓았는데 요즈음은 간혹 못 듣는 경우가 종종 있다. 전기밥솥에 밥이 있고 어제 저녁에 먹다 남은 국도 있어 마음이 느긋해서인가 다시 방에 들어와 누웠다. 아득하게 잠 속으로 빠지고 싶다. 아! 자는 듯이 죽었으면 좋겠다. 혼곤한 잠에 빠져서.

엄마는 '자는 듯이 죽고 싶다'는 말을 자주 했다. 순간적으로 어머니는 우울증을 앓고 계셨었구나 하는 생각이 들었다. 그래서 우울증이 엄마의 병을 키웠겠구나. 그럼 지금 나도 우울증을 앓고 있는 건가?

입이 붙어서

아침 식사를 준비한다. 오늘은 무슨 국을 끓일까 하다가 냉장고에서 백합조개를 꺼내 물에 담가둔다. 조개는 끓는 물에 바로 넣게 되면 입을 다물고 입을 쉬 열지 않는다. 처음부터 찬물에 넣고 끓여야 조개의 깊은 맛이 우러난다. 소금과 마늘로 간을 하고 부추를 쫑쫑 썰어 넣어주면 시원한 것이 해장국으로도 손색없다.

조갯국에 하얀 거품이 떠다녀 거품을 걷다 보니 갓 깨어난 하얀 새끼 게가 보인다. 고 작은 것이 눈도 있고 집게발도 다 있다. 언젠가 해변 모래사장에서 갓 부화된 게가 바닷속으로 기어 들어가는 것을 보았다. 물을 찾아가다 밀려오는 파도에 그대로 떠밀려 갔다.

국물 위로 떠다니는 것을 보니 그때 보았던 하얀 새끼 게가 떠올랐다. 이렇게 조개에게 먹히는구나. 먹이 사슬에 의해 약자는 강자에게 먹힌다. 이만큼 살아오면서 그동안 알게 모르게 내게 먹힌 것들도 만만치 않겠다.

얼마 전에 한국을 다녀간 구족화가(口足畵家) 앨리슨 래퍼가 떠올랐다. 신문 지면에서 본 환하게 웃는 그녀의 얼굴이 참으로 아름다웠다. 그녀는 양팔이 없고, 다리가 아주 짧은 기형으로 태어났다. 그런 장애를 극복하고 입과 발로 그림을 그리는 화가이자 사진작가이다. 영국에서 활발한 활동을 하고 있다. 사회의 뒷받침도 있었겠지만 그녀는 사회적 약자라는 자신의 한계를 이겨낸 삶을 살아왔다.

나는 늘 내가 약자라고 생각했다. 도로에 차를 주차했을 때 견인차량이 다른 큰 차를 두고 작은 내 차를 끌고 갈 때처럼 세상은 힘 있는 것이 힘 없는 것을 끌고 가는 거라고 여겼다. 아무리 버둥대도 어쩔 수 없이 나는 약자고, 세상이란 힘 없는 약자가 거대한 강자에 질질 끌려가는 곳이라고 투덜거리며 주저앉아 있었다.

앨리슨 래퍼를 보면서 나 자신이 부끄러워졌다. 입이 붙어서 아무 소리도 나오지 않았다. 그녀는 몸과 마음이 약한 자에게 희망을 불어넣어주며 소망을 잃지 말라고 말하는 듯했다.

또 우울하다

문풍지로 막아도 들어오는 겨울바람처럼 우울함이 어느 결에 스며들었어. 바람에 흔들리는 강아지풀처럼 나는 시도 때도 없이 흔들려. 그 흔들림에 옆자리 풀들도 같이 누웠다 일어나. 공터를 잠식해 들어가는 풀들. 매일 조금씩 땅따먹기 하듯이 줄어드는 공터. 아무 데나 뿌리 내리는 풀은 잡식성 동물 같아. 잡초도 쥐나 바퀴벌레의 생명력처럼 질겨서 두려워져. 여기저기 귀를 쫑긋거리고, 눈을 반들거리며, 틈만 있으면 쑤시고 들어가는 것이 닮았거든. 왜 우울이 여기 까지 왔지. 그래 우울은 뿌리가 길어 잘라내도 또 자라지.

우울의 뿌리가 계속 뻗어나가고 있어. 난 우울의 기미를 빨리 감지하지. 당신의 목소리에서도 슬픔이 묻어났지. 슬픔의 촉수가 자꾸 자라나 잔뿌리가 얽히고설키고. 내 슬픔에는 당신의 것까지 합쳐져 유리컵 속 양파 뿌리 자라듯 길게 자라지.

귀뚜라미

누워 잠을 청하지만 잠이 멀리 달아난다.

가을이 왔나. 귀뚜라미 울음에 잠을 설친다. 뭐 귀뚜라미 때문에 잠 못 자냐? 하겠지만 귀뚜라미 울음이 고문이다. 귀뚜라미가 어떻게 고층 아파트에 들어왔는지 모르겠지만 뒷 베란다에서 울고 있다. 초저녁부터 울더니 자정이 지나서도 운다. 초저녁에는 반가운 마음도 들고 오랜만에 듣는 소리라 정겹기도 했는데 한밤의 울음은 지독한 소음이다. 바로 곁에서 나는 소리 같다. 어찌나 소리가 큰지. 요즘은 매미도 악쓰고 울더니 귀뚜라미도 그 못지않게 울음이 극성스럽고 질기다. 귀뚜라미 울음이 서정적이라고 여겼었는데 아니다. 머리가 지근지근거리고 쇳소리가 난다. 그날 다행히 하얀 밤을 보내며 영혼의 소리를 들을 수 있는 시간을 가졌다. 귀뚜라미에게 고맙다고 해야겠다.

어릴 때 메뚜기 한 마리를 잡아서 놀다 보면 메뚜기 긴 다리가 하나 떨어져 나갔다. 절뚝거리는 것이 보기 싫어 한쪽 다리마저 잘라냈다. 메뚜기 날개도 하나씩 뜯어내며 놀다가 그것도 곧 싫증나 결국 마당에 내버려두었던 기억이 난다. 날지도 못하고 기어가지도 못하는 메뚜기. 그때는 메뚜기, 여치, 잠자리, 매미 따위를 장난감처럼 가지고 놀았다. 미물들의 고통을 헤아릴 줄 몰랐다. 죽어가는 메뚜기를 까맣게 감싸고 있던 개미 떼들. 그런 때가 있었던가 싶게도 지금은 집 안에 바퀴벌레 한 마리도 못 잡아서 소란을 떤다.

7월의 태양

이글거리는 태양이 아스팔트를 녹일 듯 내리쬐는 날이면 뫼르소가 떠오른다. 뫼르소는 알베르 카뮈의 『이방인』에 나오는 주인공 이름이다. 『이방인』은 학창 시절 나를 매료시킨 작품이었다. "어머니가 돌아가셨다. 아니 어쩌면 어제였는지도 모르겠다"로 담담하게 시작하는 첫 문장에서 눈을 떼지 못했었다.

이 소설을 다시 읽고 싶었다. 소시민의 삶을 살아가고 있는 뫼르소는 어느 날 양로원에 있는 어머니가 돌아가셨다는 전보를 받고, 어렵게 시간을 내어 어머니의 장례식에 간다. 어머니의 죽음 앞에서 그는 눈물 한 방울 흘리지 않고 담배를 태우고 밥도 먹는다. 돌아와선 강렬하게 내리쬐는 태양을 피해 바닷가로 갔다가 아랍인을 살해하게 된다. 정당방위에서 일어난 행동이지만 어머니의 장례식을 치른 지 얼마 안 되었다는 점이 더 큰 문제로 부각된다. 뫼르소에게 비난의 화살이 쏟아진다. 재판은 어떻게 어머니가 돌아가셨는데 눈물 한 방울도 흘리지 않았으며, 애인과 놀아나고 바닷가에 갈 수 있는가 하는 것에 초점이 맞추어진다. 그는 부도덕한 패륜아에 살인자로 낙인이 찍힌다. 뫼르소는 불리한 상황에 몰리어 결국 사형을 언도받는다.

『이방인』 하면 부조리한 사회를 고발하는 실존주의 작품으로만 알고 있었다. 다시 읽다 보니 젊은 시절에는 생각지도 못했던 것들이 새롭게 눈에 들어왔다. 뫼르소의 살해 동기는 정말 태양빛 때문일까? 뫼르소는 어머니의 죽음을 슬퍼하지 않았을까? 하는 의문이 차례로 들었다.

"하늘에서는 견딜 수 없을 만큼 뜨거운 빛이 쏟아졌다. 아스팔트가 눅진눅진 발밑에서 녹아내렸다…… 바닷가에는 햇볕과 침묵만이 있었다. 모든 것이 붉게 일렁였다. 햇볕에 머리가 부풀어 오르는 느낌이었다…… 어머니의 장례식 때 내리쬐던 것과 똑같은 태양이 머리 위에서 작열했다. 바다는 뜨겁고도 무거운 바람을 실어 보냈고 하늘에서는 눈부신 불의 칼날이 쏟아졌다. 머리가 지끈거리고 피부가 따가웠다. 태양에서 조금도 벗어날 수가 없다." 『이방인』의 한 부분이다.

"어머니의 장례식 때 내리쬐던 것과 똑같은 태양이 머리 위에서 작열했다"는 구절에서 뭔가 뫼르소의 행동에 대한 실마리가 풀리는 것 같았다. 뫼르소가 눈물을 흘리지 않았다고 해서 어머니의 죽음을 슬퍼하지 않은 것이 아니다. 갑자기 당한 어머니의 죽음 앞에서 당황했으며 그동안 어머니를 잊고 지낸 자신이 못마땅했고 그 앞에서 아무것도 할 수 없는 자신의 무능함에 절망했을 것이다.

아랍인을 죽인 날의 쏟아지는 태양빛은 어머니의 장례식 때와 똑같이 작열하던 태양빛이었다. 어머니의 장례식 때의 숨 막혔던 순간이 떠올랐고 그 상황에서 벗어나고 싶은 충동이 빚어낸 사건이다. 사랑하는 어머니를 잃은 뫼르소는 리비도를 다른 대상으로 가져가지 못하고 자기 속으로 가지고 들어갔으며, 자기 자신에 대한 공격성이 밖으로 드러난 것이다. 일반적으로 사람들은 사형 언도를 받으면 반발하고 항소하고 재심을 청구하지만 뫼르소는 그대로 죽음을 받아들인다. 살고자 하는 의욕이 없다.

사형 선고를 받고 죽음을 앞둔 뫼르소의 말이 이 사실을 증명한다. "눈을 뜬다. 별이 보인다. 바깥세상의 소리들이 들려온다. 밤의 냄새, 흙의 냄새가 시원했다. 여름밤의 평화로움이 내 속으로 흘러들어온다." 죽기 직전에야 비로소 처음으로 무관심했던 세상에 마음을 연다. 자신이 죽음으로써 어머니를 만난다는 생각에 사형 언도를 담담하게 받아들이며 마음의 평정을 얻는다. 뫼르소는 애도의 단계에서 병적인 단계를 지나 멜랑콜리의 단계인 우울증에 급속도로 빨리 접어들었다. 그리고 모든 것을 포기했다.

영화를 보다

　오랜만에 심리영화를 보았다. 인간의 심리를 잘 드러낸, 정신분석적으로 말해야 하는 영화 〈킬러 인사이드 미(The Killer inside me)〉를 보았다. 저녁 8시인데 관객은 나와 남편 둘뿐이었다. 19세 이하 관람 불가여서인지 관객이 없었다. 우리는 호젓하게 영화를 볼 수 있는 호사를 누렸다. 사실 나는 범죄영화나 공포영화를 좋아하지 않는다. 대개 영화를 끝까지 보기가 힘들어 중간에 나와버리는데 이 영화는 달랐다.

　〈킬러 인사이드 미〉는 짐 톰슨의 동명 소설을 영화화한 작품이다. 1950년대 텍사스 시골 마을을 배경으로 '루 포드'라는 보안관이 주인공이다. 그는 아버지가 의사였기에 별 탈 없이 그 마을에서 성장하여 마을의 수호자인 보안관으로 근무하며 일상에 충실하고 성실한 남자로 살아간다. 그런 그에게 상부의 지시로 매춘을 하고 있는 콜걸 '조이스'를 추방하라는 명이 내려진다. 콜걸 조이스를 만나러 간 그는 그녀의 집에서 총을 발견하고 왜 총을 소지했느냐고 물으며 보안관 배지를 보여준다(그 총이 그녀를 죽음으로 몰고 갈 단서가 될 줄이야). 그녀는 손님인 줄 알았더니 짭새라며 '루'에게 달려들어 가슴을 치고 따귀까지 때린다. 이에 화가 난 '루'는 그녀를 들쳐 침대에 패대기치고 몸싸움을 벌이다 바지 벨트를 빼 손으로 말더니 그녀의 엉덩이를 마구 후려치기 시작했다.

엎드려 무참하게 매맞던 '조이스'는 고통스러워하면서도 희열을 느낀다. '루' 또한 진땀을 흘리며 폭력을 휘두르며 이상한 쾌감을 맛본다. 두 사람은 마조히스트와 사디스트로 자극에 의한 충동적 성관계를 가지게 된다. '루'는 '조이스'와 변태적인 성관계를 가지면서 자신의 숨겨진 공격적인 본능과 마주하게 된다. '루'는 과거의 기억을 떠올리면서 점점 난폭해지고 공격적으로 변해간다.

어린 시절 '루'는 엄마 없이 의사인 아버지 밑에서 형과 지냈다. '루'가 일곱 살 때 아버지가 새엄마와 그녀의 아들을 데리고 들어온다. '루'는 다섯 살인 새엄마의 아들을 자동차 안에서 입을 틀어막아 죽이려다가 형이 달려오는 바람에 미수에 그쳤다. 새엄마는 어린 '루'에게 젖가슴을 권투하듯이 세게 치라고 시켰고, 속옷만 입고 침대에 누워 있던 새엄마는 온몸에 난 맞은 자국을 보여주며 아버지가 그랬다고 너도 한번 때려보라고 했다.

아이들은 사춘기가 되면서 어린 시절의 성적 경험과 공격성을 억압하면서 잊어버리게 된다. '루'도 마찬가지였다. 그 기억은 없어진 것이 아니라 기억의 밑바닥 무의식에 저장되어 있었다. 위험한 폭

탄이 내장되어 있다가 발화될 어떤 물질을 기다리고 있는 상황이라고 해야 할까. 성인이 된 '루'가 콜걸 '조이스'를 만남으로서 일곱 살 때의 기억으로 거슬러 올라가 그동안 억압되었던 감정이 분출된다. 루는 죄책감 없이 아주 익숙하게 폭력을 휘두르고 폭력은 휘두를수록 걷잡을 수 없이 증폭된다.

카페에서 나오는 그에게 노숙자가 배가 고프다고 손을 벌려 구걸을 하자 그는 손바닥에 돈을 놓아주는 대신 담뱃불로 지져준다. 착실하고 예의 바르던 예전의 '루'의 모습은 사라져가고 서서히 공격적이고 폭력적으로 변해간다. 아무 감정 없이 폭력을 휘두른다. 서서히 '루' 속에 잠자고 있던 악마성이 깨어나기 시작한다. 조금 전까지도 성적 대상이었던 조이스를 무참히 때려 죽인다. 조이스의 죽음을 친구에게 뒤집어씌우려고 조이스의 권총으로 친구마저 쏴 죽인다. 무참하게 맞아 얼굴이 일그러지고 의식 없는 조이스의 손에 권총을 쥐어주고 나온다.

이 영화에서 2주라는 말이 몇 번 나온다. 콜걸과 도망가는 것도 2주 후로 잡고, 약혼자를 조이스와 혼동하게 되자 구분이 안 가면 그녀도 죽이면 된다고 혼잣말을 하면서 아주 태연하게 '루'는 그녀에게 2주 동안 분에 넘치게 잘 해준다. 2주 후에 살인을 계획하면서 말이다. 그리고 '루'는 약혼자 '에이미'에게 여행을 가자고 속여 '조이스'를 죽인 것과 같은 상황을 재현해 죽이려 한다. 결국 '에이미'는 '루'의 폭행으로 맞아 죽고 돈을 받으러 온 노숙자는 '에이미'가 쓰러진 것을 보고 놀라서 도망간다. 아무것도 모르는 다른 보안관은 노숙자가 죄인인 줄 알고 그에게 총을 쏜다. 총에 맞고 쓰러진 노숙자를 '루'는 에이미를 성폭행하려다 죽였다며 끝까지 따라가서 마구 때려 죽게 한다. 자신의 범죄를 은폐하기 위해서다.

'루'의 행동은 전형적인 사이코패스(psychopathy)의 병리적 기질을 보여준다. 사이코패스는 겉으로는 멀쩡해 보이면서도 끔찍한 범죄를 저지르는 반사회적 성격장애자를 일컫는다. 극단적인 특성이 내부에 잠재돼 있다가 범행을 통해서만 밖으로 드러나기 때문에 주변에서는 전혀 알아차리지 못한다. 이 영화는 유년 시절의 중요성을 다시금 일깨워 준다. 억누르고 있던 어린 시절의 트라우마는 사회적 환경과 결합하는 순간 걷잡을 수 없이 극단적으로 폭발한다. 프로이트의 말을 빌리면 주체의 욕망이 큰 타자 욕망에 뿌리내리고 있는 것이다.

광기

끝없는 붉은 사막에 조슈아 나무가 팔 벌리고 서 있다. 선인장은 멀리서 보면 점처럼 보이고 가까이 가서 보면 괴물 같다. 저 괴물의 위력은 메마른 땅을 더욱 메마르게 할 것 같다. 탐욕스러운 입이 탐욕을 그치지 않아 거대하게 뻗어나가고 있다. 저 입이 점점 거대해지고 있다.

붉은 사막을 휘돌아 라스베이거스에 왔다. 당연히 여기서 나도 갬블링을 했다. 게임을 넘어 왜 도박에 빠져드는지 알 것 같다. 손의 감각과 반복되는 순간의 짜릿함과 긴장감. 다음에는 터지겠지 다음에는 하는 기대감과 그 느낌. 그 느낌이 무엇인지 난 안다. 난 도박에 빠져들 기질이 다분하구나 싶다. 밤중에 남편이 잠들자 몰래 빠져나와서 벨라지오로 향했다. 새벽 한 시까지 시간 가는 줄 모르고 게임을 했다. 반복된 동작을 하면서 손끝에서 오는 그 묘한 느낌을 감지하면서 말이다. 아! 이 기분이구나. 얼마 되지 않는 돈이지만 다 잃고 나니 아무런 생각 없었다.

내가 수년 내에 무엇엔가 몰두한 적이 없었는데 갬블링에 이렇게 몰두하다니. 그곳의 소음은 대단하다. 많은 사람들이 내지르는 소리보다 갬블링이 내는 굉음과 번쩍거림, 흥을 돋구고 자극하는 판타지한 기계음, 점수가 올라갈 때 내는 기계음들이 혼재된 소리로 들떠있다. 모두들 무언가 게임기 하나씩 부여잡고 앉아 있다. 세계 각국의 수많은 인종들이 머니에 눈이 멀어 꾸역꾸역 모여들어 머니를 기계 속에 쑤셔 넣는다. 잠 못 이루는 라스베이거스의 밤이다.

그 다음 날 도시의 아침은 너무 조용하고 깨끗하다. 신기하게도 간밤의 그 광기는 다 어디로 갔나 싶게 현실적이다. 호텔 로비도 거리도 한적하다. 아침은 더디 오고 호텔 옆에 있는 스타벅스만 붐빈다.

1. 입이 붙어서

섬뜩함 뒤에는

갑갑했다. 몸이 둔해진 것 같아 산이나 오를까 하고 등산화를 챙겨 신고 호반맨션 뒤로 갔다. 용지봉 오르는 길로 접어들었다. 전에는 오솔길이었는데 사람의 왕래가 많아서인지 길이 제법 넓어졌다. 가파른 언덕이라 땅만 내려다보고 가고 있었다. 사람들이 많이 왕래하는 시간대가 아니라 인적이 별로 없었다. 또 날이 흐리고 싸늘하기도 했다. 혼자 걷는데 고개를 들어보니 시꺼먼 것이 앞을 가린다.

얼마나 놀랐던지 가슴이 콩닥거렸다. 검은 등산복을 입은 남자가 스쳐 지나갔다. 다시 아무도 없는 길을 오른다. 아무도 만나지 않는 것이 더 편하다. 나는 "아까 왜 그 사람을 보고 놀랐지?" 하고 중얼거렸다. "저 사람이 남자라서", "아니야 사람이 아니라 무서운 짐승이나 저승사자 같았어"라는 말이 튀어나왔다. 도대체 그 섬뜩함(unheimlich)은 뭐지?

봄의 불청객

4월은 진정 잔인한 달인가 보다. 특히 올 4월은 더 가혹하다. 나라 안팎의 정세가 혼란해 국민들의 불안감이 고조되고 있다. 날씨마저 갈팡질팡해 봄이 온 줄 알았더니 4월에 눈발이 날린다.

창밖은 봄기운으로 소란스러운데 나른하고 때로는 무기력해져 모든 일에 의욕이 없다. "어! 왜 이러는지 올해 봄도 그냥 지나가지 않는구나." 난 어릴 때부터 봄을 많이 탔다. 올해도 며칠 집에서 꼼짝 않고 봄을 앓았다. 이러면 안 되겠다 싶어 친구에게 미술관 나들이를 청했다. 바람은 불었지만 화창한 날씨였다. 그림과 조각을 감상하고 햇살을 받으며 봄 들판을 거닐다 보니 마음이 가벼워졌다.

얼마 전 정신과적 증후군이 봄에 특히 심하다는 기사를 보았다. 특히 봄철 3월에서 5월 사이에 병원을 많이 찾는다는 통계였다. 봄에는 급격한 날씨 변화 때문에 우울증 증상이 악화된다는 것이다. 날씨가 따뜻해지면 추운 날씨에 적응되어 있던 신체 리듬이 기온에 적응하기 위해 바뀐다. 이때 호르몬 분비의 균형이 깨져서 감정 기복이 심해지고 스트레스에 민감해져 불안, 두통, 불면증 같은 신체 증상도 많이 나타난다. 내면의 불안감, 슬픔, 분노 등의 부정적인 감정이 쌓여서 우울한 증상이 더 깊어진다.

『한국의 자살 실태와 대책』에 따르면 3~5월에 자살하는 비율이 29.6%에 달한다고 한다. 봄은 나만 타는 것이 아니었으며, 많은 사람이 봄을 탄다는 걸 알았다. 또한 '봄 탄다'는 말이 우울증과 무관하지 않다는 걸 알았다. 에둘러 말하는 우리 선조들의 지혜로움을 여기서도 볼 수 있다.

현대의학은 우리의 뇌 속의 우울증을 유발하게 하는 물질까지도 찾아내고 있다. 하지만 정신분석에서는 우울증을 '애도'의 차원에서 보고 있다. 우리는 이 세상에 태어나는 순간부터 어머니와 분리되기 때문에 애도를 경험하게 된다. 아기는 태어나면서부터 어머니와 분리되기에 엄청난 두려움과 불안을 느낀다고 한다. 사랑하는 대상을 잃어버렸을 때 다른 대상으로 사랑을 옮겨가는 것이 가장 좋은 애도이다. 다른 대상이란 사람, 사물, 사회봉사, 예술로 승화하는 것 등을 말한다. 애도를 잘 하지 못하고 대상에 집착하게 될 때 병리적인 애도가 나타나게 되고 더 진행되면 멜랑콜리 단계에 이르게 된다.

한국인의 자살과 연관성이 높은 우울증 유형이 멜랑콜리아형 우울증이라는 연구 결과가 나왔다. 국제기분장애학회 논문에 따르면 특히 한국인에게는 주로 우울증 중에서도 멜랑콜리아형의 비율이

42.6%로 다른 민족보다 1.4배 높으며, 같은 멜랑콜리아형 우울증에서도 자살 위험이 다른 민족보다 2배 이상 높게 나왔다. 멜랑콜리아형 우울증의 발병률은 한국, 중국 등 사계절이 뚜렷한 지역일수록 높다. 충동적인 분노감은 자살 위험률을 2.4배가량 끌어올리는 위험 인자이다. 이는 타인에 대해 느끼는 분노와 증오의 감정으로, 우울증이 동반되었을 때 자기 자신의 심리에서 자아와 또 다른 자아(초자아)의 갈등이 일어난다. 자아가 상실되어 자존감을 잃게 되면 자살 위험이 높아진다.

우리나라 자살률이 OECD 회원국 중 최고 수준이다. 청소년 10명 중 4명은 최근 1년간 2주 이상 일상생활에 지장을 줄 정도의 심각한 우울증을 겪은 적이 있는 것으로 나타났다. 우울증 예방으로는 햇볕을 많이 쪼여 세로토닌 분비를 활성화하는 것이 좋다. 초등학교부터 중·고등학교의 체육 시간을 늘렸으면 좋겠다. 입시 위주의 교육을 하기 때문에 체육 수업이 많이 위축되었다. 운동을 하고 나면 뇌신경 조절물질의 분비가 증가되어 우울증에서 벗어날 수 있다. 체육 강국이라는 간판에 부끄럽지 않게 체육 수업에 신경 쓰는 건 어떨까.

낯설다

이 집이 낯설다. 여행에서 돌아와 난 아직 시차를 극복하지 못해서 그런지 아니면 날씨가 무더워 잠을 설쳐서 그런지 잠을 자다 문득 깨어 한참 사방을 살핀다. 여기가 어디지? 두리번거린다. 어린 날 낮잠 자다 학교 지각했다고 울며 나서던 것처럼 말이다. 방 안에 쌓여 있는 책이며, 책상이며, 화장대며 모두가 낯설다. 멍하니 누웠다가 '아, 여기가 집이지' 하고 일어난다. 내가 13년을 이 집에서 살며 쓰던 물건들이 보름 정도 집을 비운 사이에 낯설어지다니, 내가 이상하다. 나를 유럽의 비엔나 거리, 잘츠부르크 뒷골목에 두고 왔나 보다. 몸만 여기 와 있나 보다.

어째 그곳이 낯설지 않고 사람들이 낯설지 않더라니. 언젠가 와 보았던 것처럼, 살았던 것처럼 도무지 낯설지 않았다. 도리어 우리나라에 오니 사람들이 낯설다. 모두 표정들이 굳어 있다.

인정의 미학

아프리카에 떼베짜라는 새가 있다. 이 새는 자신을 홍보(PR)하는 데 일가견이 있다. 먹이를 물고 왔을 때 구경꾼이 없으면 새끼에게 바로 가지 않고 시간을 끈다. 주위에 새가 적을수록 시간을 오래 끌며 누군가 자신의 너그러움과 모성적인 행위를 보아줄 때까지 어슬렁거린다. 가져온 먹이가 클수록 배회하는 시간도 길어진다. 왜냐하면 믿음직하고 능력 있는 새라는 평판을 얻기 위해서다.

사람이 공공의 선을 행하는 것은 남들의 평판이 회초리 역할을 하기 때문이라고 한다. 인간 본성이 본시 착하다는 성선설과 악하다는 성악설의 두 학설이 있다. 그럼 인간은 태어날 때부터 착했는가? 아니다. 인간은 본디 악했다. 싸워서 이기는 것보다 결국 남을 도우면 내가 이득을 본다는 경험이 쌓여서 좋은 평판을 얻으려고 심혈을 기울이는 것이다.

나는 어린 손자를 관찰해보았다. 10개월쯤 될 때였다. 아기를 데리고 외출하면 유난히 사람들과 눈을 맞추고 싶어 했다. 눈 맞추고 웃어주거나 '까꿍' 하고 얼러주면 그렇게 좋아할 수가 없다. 한번은 기차 안에서 옆좌석의 사람들이 아무도 아는 척을 않으니 시무룩해 하더니만 몸을 뒤채고 짜증을 부렸다. 그러다 뒷좌석 아주머니가 눈을 맞춰주니 얼굴을 제 어미 가슴에 묻었다가 다시 그 사람과 눈을 맞추려고 고개를 살그머니 들어 올리며 좋아하는 것을 보았다. 우리는 아기가 아무것도 모를 것이라 여기고 말하고 행동하지만 아기는 알아들었다. 또 아기는 가지고 싶은 물건을 숨기거나 만지지 못하게 하면 왈칵 깨무는 공격성도 드러냈다. 아기들의 자기방어는 누가 가르쳐주지 않아도 본능적이었다.

얼마 전에 미국에서 사업을 하는 친구가 다녀갔다. 그 친구와 같이 여행을 하며 "사업의 성공 비결이 뭐냐"고 물었더니, 인상에 남는 말을 했다. 그녀는 먼저 상대방을 존중하고 인정하는 것이라고 했다. 상대를 인정하니 자신도 대우를 받고 인정을 받게 되더라고 했다. 아주 단순하고 쉬운 것 같지만 실천하기는 어렵다. 그녀의 말에는 삶의 경험과 지혜가 묻어난다. 나는 그 친구에게서 삶의 지혜를 배웠다.

내가 이 글을 쓰고 시를 쓰고 책을 묶어 내는 것도 다 알고 보면 인정받고 싶은 욕망에서 비롯된 것 아닌가 싶다. 이 지구상에 수많은 사람들이 인정받고 싶은 욕망에 굶주려 있다. 사람에게는 인정받고 싶은 욕망이 바로 삶의 동력이라는 것을 돌쟁이 손자를 보면서 또렷이 인식하게 되었다. 최초에 나를 인정해주는 사람은 어머니와 아버지이다. 그러나 부모들은 여간해서 자식들에게 인정의 신호를 보내지 않는다. 고개 한 번 끄덕여주면 되는 것을, 내 자식이 더 잘 하기를, 더 완벽하기를 바라기 때문이다.

손자를 보면서 자녀교육을 어떻게 해야 하나 생각해보았다. 나는 다른 무엇보다 자녀가 부모에게 자기 주변에서 일어나는 일을 솔직히 말하게 하고, 부모는 자녀의 말을 잘 들어주면 된다고 본다. 그러나 부모는 자녀가 말하면 중간에 말을 잘라버린다. 말할 틈을 주지 않고 미리 앞질러 말을 해버리거나 듣고 싶은 말만 듣는 경우가 있다. 그래서 말이 안 통한다고 생각해 아예 부모와 대화를 하지 않는 아이들도 있다. "내가 몇 번이나 말했는데 엄마는 또 물어보는 거예요" 하던 아들의 말이 새삼 떠오른다. 그때 나도 건성으로 듣지 말고 아들의 말을 좀 더 귀담아 들어줄 걸 그랬다.

프로이트는 말하는 것만으로도 50%의 치유 효과가 있다고 했다. 자녀가 말할 때 부모는 귀 기울여 말을 잘 들어주면 된다. 그것만으로도 자녀는 인정받고 있다고 느낄 것이다. 자녀뿐만 아니라 부부 사이, 타인과의 관계에서도 마찬가지다. 무릇 존중받고 인정받아본 사람이 남도 인정하게 되는 것 아닐까.

세상의 아버지들에게

봄이 오나 했더니 여름으로 접어들었다. 5월에는 기념일이 많아 몸도 마음도 분주하고 다들 바쁘다. 마침 아버지에 대한 애틋함이 묻어나는 정철훈 시인의 「아버지의 등」이란 시가 눈에 띄어 읽어보았다. "만취한 아버지가 자정 너머/휘적휘적 들어서던 소리/마룻바닥에 쿵, 하고/고목 쓰러지던 소리//숨을 죽이다/한참 만에 나가보았다/거기 세상을 등지듯 모로 눕힌/아버지의 검은 등짝/아버지는 왜 모든 꿈을 꺼버렸을까//사람은 어디서 와서 어디로 가는지/검은 등짝은 말이 없고/삼십 년이 지난 어느 날/아버지처럼 휘적휘적 귀가한 나 또한/다 큰 자식들에게/내 서러운 등을 들키고 말았다"…….

만취한 아버지의 쓸쓸한 등을 보고 자란 시인이 아버지처럼 술에 취해서 귀가한 어느 날, 자식들에게 보이고 싶지 않은 서러운 등을 보이고 말았나 보다. 딸이 홑이불을 덮어주는데 자는 척 코를 골았

단다. 시인의 딸은 아버지의 서러운 등을 보았을까? 그 딸도 먼 훗날 아버지 나이가 되었을 때 깨달을까? 술이라고는 입에도 대지 못하신 우리 아버지. 나도 아침 일찍 출근하시고 밤늦게 돌아오시던 아버지의 등을 보며 자랐다. 아버님도 꿈과 희망을 가슴에 묻고 사셨구나. 삶이 힘들어도 말 한마디 못 하고 헛기침만 하셨구나. 울고 싶어도 마음 놓고 울 수도 없으셨구나. 고되고 지친 나날이 많으셨구나. 이런 생각을 하며 이 세상에 계시지 않는 아버지를 떠올려보았다.

요즘 시대에 진정한 아버지상이 없는 것 같다. 아버지들의 위상이 말이 아니다. 자연스럽게 우리 사회가 새로운 모계사회로 흘러가는 것 같다. 핵가족화되고 맞벌이 부부가 늘어나서일 거다. 우스갯소리지만 식당에서 종종 종업원을 부를 때 "이모"라고 부르는 걸 들었다. 하지만 "고모"라고 부르는 말은 못 들어보았다. 여자들의 전성시대가 되었다. 어머니들의 목소리가 커졌다. 어머니는 원더우먼처럼 집안의 모든 것을 다 해결하는 해결사가 되었으며 자녀들의 교육까지 맡게 되었다. 어머니의 발언권이 강해질 수밖에 없다.

허나 어머니의 말에는 권위가 없다. 예전에 말없이 가만 계시던 아버지였지만 그 존재 자체가 엄하고 무섭고 두려웠다. 아버지 앞에 나갈 때는 고양이 앞의 쥐처럼 살금살금 다가갔다. 아버지의 존재가 가지고 있는 권위는 '아버지'라는 말에 있다. 언제부터인가 아버지의 말에 힘이 없어졌다. 아버지는 잘잘못을 가려주는 아버지가 아니라 어머니에게 꾸중들은 아이를 감싸주고 달래주는 아빠가 되어버렸다. 자식들은 자식대로 부모는 부모대로 바빠 밥 한 끼 둘러앉아 먹기도 힘들어졌다. 밥상머리 교육을 놓치고 있다.

가정에서 아버지의 위상을 되찾았으면 한다. 그렇다고 엄하고 무서운 아버지가 되라는 말이 아니다. 아버지의 말 한마디에 집안의 권위가 서는 가정이 되었으면 좋겠다. 요즈음 청소년들에겐 무서운 사람이 없다고 한다. 한 가정에서 아버지는 아버지의 자리에, 어머니는 어머니의 자리에 있어야 한다. 왜 이런 말을 하느냐면, 한 가정이 바로 서야 크게는 나라가 바로 선다고 생각하기 때문이다. 법과 상징으로서의 아버지의 존재가 위축되었다. 아버지들께서 각 가정에서 아버지의 법을 바로 세워야 하지 않을까. 아버지가 바로 상징적인 법의 자리다.

시선에 따라붙는 욕망

온몸으로 소나무를 휘감아 오르는 능소화 넝쿨. 매우 관능적이다. 꽃 빛깔이 밝은 주홍빛이다. 그 꽃을 만지고 눈을 비비면 눈이 먼다는 속설이 있다. 이 말이 사실인지 아닌지는 중요하지 않다. 눈이 먼다는 말에 의미를 두고 그 말로부터 이 이야기를 풀어가고 싶다. 그리스 신화에는 신에 의해 눈먼 자와 스스로 눈을 멀게 한 자가 있다.

한 사람은 테이레시아스이고 또 한 사람은 오이디푸스다. 테이레시아스가 눈멀게 된 데에는 두 가지 설이 있다 그 둘 다 성적인 것과 연관이 있다. 하나는 아테나 여신의 몸을 훔쳐보았다는 것이다. 금기의 대상을 훔쳐보았다는 것인데 이는 성적 욕망과 결부해 볼 수 있다. 아테나는 처녀인 자신의 몸을 훔쳐본 것을 견딜 수가 없었다. 화가 머리끝까지 치밀어 테이레시아스의 눈을 멀게 한다. 그러고는 앞 못 보는 것이 안되어 젖가슴에 넣고 다니는 뱀을 보내 그의 귀를 훑게 한다. 테이레시아스는 귀가 밝아져 아주 잘 들리게 되어 미래를 예언하는 능력을 얻게 되었다. 아테나는 왜 테이레시아스에게 예언의 능력을 주었을까? 이것도 참 재미있다. 정말 자신의 몸을 바라본 테이레시아스가 싫었다면 그에게 예언의 능력을 주었겠는가 하는 생각을 해본다.

두 번째, 제우스와 헤라가 설전을 벌이다 테이레시아스를 불렀다. 남녀 누가 더 성적 쾌락을 느끼는지 말하라는 것이었다. 테이레시아스는 두말할 것도 없이 자신이 여자로 7년을 산 경험이 있기에 잘 알고 있다면서 여자로 살 때 남자보다 9배는 더 느꼈다고 말한다. 그 때문에 제우스와 헤라의 노여움을 사서 눈이 멀게 되었다는 설이다. 제우스는 부인 헤라 앞에서 남성의 능력을 인정받고 싶어서 남자라는 말을 듣고 싶었으나 여자라고 말하자 화가 났고 헤라 또한 테이레시아스가 여자라고 말하자 화를 내었다

또한 오이디푸스는 자신의 아버지를 죽이고 어머니를 취할 것이라는 운명을 받고 태어난다. 라이오스 왕은 태어난 아들이 장차 아버지를 죽인다는 신탁이 나오자 아이를 죽이라고 했다. 하지만 하인은 아이를 죽이지 않고 양치기 부부의 양자로 주어버린다. 소년이 된 오이디푸스는 거리에서 다툼으로 인해 걸인을 죽이게 된다. 그가 바로 아버지 라이오스이다. 라이오스는 걸인 차림으로 내정 시찰을 다니고 있었던 중이었다. 오이디푸스는 라이오스의 부인 그러니까 어머니를 아내로 맞아들인다. 진실이 밝혀진 후 이오카스타는 자살하고 오이디푸스는 이오카스타의 브로치로 자신의 눈을 찔

러 스스로 눈을 멀게 한다. 오이디푸스의 실명 행위는 근친상간에 대한 벌이지만 거세 행위의 일환이라 볼 수 있다.

여기에 우리나라 전래 이야기 「심청전」의 심청이 아버지 심학규를 덧붙이고 싶다. 왜 갑자기 심학규 이야기를 끄집어내는가, 무슨 상관이 있나 하겠지만 심학규가 눈먼 것도 욕망의 문제 아닌가 싶어서다. 심학규는 태어날 때부터 눈멀었던 게 아니었을 거라 생각해보았다. 부인이 죽고 어린 심청이와 살면서 점점 커가는 심청이가 젊은 시절 제 어미와 닮아가는 것을 보면서 심학규는 자신도 모르게 욕망의 꿈틀거림을 느꼈을 것이다. 금지의 대상인 딸이 욕망의 대상인 것을 느끼자 스스로 억압하고 금지함으로써 보지 않으려고 눈이 멀게 된 것 아닐까. 인간이란 존재는 무의식 속에 억압된 원초적 욕망에서 결코 자유로울 수 없다.

옛사람들은 살아 있다는 것은 바라보는 것이고 죽음은 보는 능력을 상실함으로써 바라볼 수 없는 것이라 여겼다. 심청이 아버지는 보지 않음으로써 자신의 욕망마저 소멸시키려고 한 행위라 볼 수 있다. 아버지의 눈을 뜨게 하려고 공양미 삼백 석에 팔려간 심청이가 살아나서 아버지를 만나는 장면이 재미있다. 심학규는 심청이가 '아버지' 하자 눈을 번쩍 뜬다. 이 눈뜸에서 심학규가 앞을 보지 못하는 것은 심리적이었다는 개연성을 찾을 수 있다.

옛사람들이 능소화 꽃에 욕망을 투사했기에 저 꽃을 만지고 바라보는 자는 눈이 먼다고 했을 거다. 시선의 욕망을 찾아 멀리 신화 속 인물 테이레시아스와 오이디푸스 그리고 「심청전」의 심학규의 눈에 대해 이야기해보았다. 세 인물이 눈멀게 된 것은 욕망과 관련됨으로써 프로이트의 정신분석을 빌려 말하면 거세와 연결지을 수 있겠다. 빛은 우리를 보지만 우리는 빛을 보지 못한다. 빛을 보는 자 눈멀게 되리라.

바람둥이 제우스

그리스 신화를 읽다 보면 재미있는 부분이 많다. 그냥 스쳐버리기 아쉬운 장면 중에 하나가 제우스의 바람기이다. 그것도 제우스가 수시로 변신을 해서 여성의 마음을 사는 부분이다. '마음을 산다'라기보다 여성을 꼬신다고 해야 맞는 말이다. 사랑이 상대의 마음을 읽어 내게로 옮겨놓는 것이라면 그 점에서 제우스를 따를 자가 없다.

제우스는 누나인 헤라가 마음에 들었다. 어떻게 헤라의 마음을 사로잡을까 고심하다 제우스는 비둘기로 변신해 헤라의 치마에 앉았다. 헤라는 비둘기를 가엽게 여겨 보듬어주었다. 비둘기가 제우스라는 것을 알고 헤라는 거부했다. 사랑을 갈구하는 제우스에게 그러면 '나를 부인으로 삼으라'고 했다. 부인이 된 헤라는 제우스의 바람기에 대응할 만큼 질투도 대단했다. 제우스의 연인들은 헤라의 질투심을 감당할 수가 없었다.

제우스의 바람기를 보면, 레토를 꼬일 때는 백조가 되어 다가갔다. 레토는 헤라의 질투로 아이를 낳을 곳을 찾아 전전긍긍해야 했다. 간신히 델포스에서 아폴론과 아르테미스를 낳았다. 에우로페를 꼬시기 위해서는 아름다운 흰 소로 변신해 친구들과 놀고 있는 그녀 앞에 나타난다. 그녀는 늠름하고 아름다운 흰 소에게 다가간다. 그러자 잽싸게 그녀를 등에 태우고 달아난다. 강의 딸 이오에게는 어떻게 접근했는가? 강물 위의 신비한 구름으로 변신했다. 강에 구름이 덮이니 그 밑에는 비가 올 것이다. 극성스런 헤라의 눈도 속이고 강의 딸 이오의 환심도 살 수 있게끔 변신한 것이다. 운우지정이다.

제우스는 세멜레에게도 접근한다. 그것을 안 헤라가 세멜레에게 제우스가 오거든 '그의 본모습'을 보여달라 하라고 시킨다. 제우스가 무엇이든 청을 들어주겠다고 하니 아무것도 모르는 세멜레는 헤라가 시킨 대로 당신의 본모습을 보여달라고 한다. 그것만은 안 된다고 하자. "나를 사랑한다면 보여달라"고 조른다. '사랑한다면'이라는 말에 제우스는 결국 자기의 본모습대로 번개와 천둥 마차를 타고 세멜레에게 나타난다. 세멜레는 번개를 피하지 못하고 그 자리에서 타 죽는다. 그때 세멜레는 임신을 하고 있었다. 급박해진 제우스는 죽어가는 세멜레에게서 6개월 된 태아를 꺼내 자기의 허벅지에 집어넣어 키운다. 그 아기가 포도주의 신 디오니소스다. 디오니소스란 이름은 '제우스에게서 나온 자'란 뜻이다.

또한 안티오페를 유혹하기 위해 제우스는 사티로스로 변한다. 사티로스는 욕정의 상징으로 반인반수다. 하체는 염소이고 상체는 인간이다. 당시 수간이 유행했다는 것을 상기시킨다. 안티오페의 마음을 사기 위해 사티로스로 변했다니 안티오페는 대단한 옥녀였나 보다.

이렇게 제우스가 비둘기, 백조, 흰 소, 번개, 사티로스 등등으로 변신한 이유는 무엇일까. 최고의 신으로서 변신하는 것은 신의 능력에 속한다. 변신의 능력 여부가 신과 인간을 구분하는 경계다. 제우스가 각기 다르게 변신한 것에는 이유가 있다. 사랑은 상대의 마음을 읽어내야 한다. 어떻게 해야 상대로부터 사랑을 얻을 수 있는지를 알아야 한다. 제우스는 어떤 여성도 거절할 수 없도록 여성의 마음에 들게 변신했던 것이다. 여성의 욕망을 읽어냈다고 할까? 그러니 제우스는 진정한 바람둥이라 할 수 있다. 우리의 인간관계에서도 상대의 마음을 산다는 것은 바로 상대의 욕망을 읽어내는 것 아닌가 싶다.

타인의 시선

누군가 나를 쳐다본다. 그걸 의식하게 된 것이 언제부터인지는 잘 모르겠다. 늘 '눈' 하나가 나를 따라다니는 것 같다. 어떨 때는 수 많은 눈이 내 앞에 뒤에 옆에서 나를 보고 있다는 생각을 하게 되었다. 끝없이 나를 감시하는 눈.

아파트나 빌딩의 유리창은 건물의 눈이고 자동차의 창은 움직이는 눈이다. 그 눈들은 무성생식을 해서 걷잡을 수 없이 번식해 어딜 가나 따라다니고 있다.

이집트 여행 중에 만난, 검은 부르카를 걸치고 눈만 내놓고 있는 여인. 그녀의 눈은 경계의 빛을 뿜어내고 있었다. 두려움의 눈빛, 그 눈에서 슬픔을 보았다. 바라보는 자와 마주 보는 자의 눈 맞춤. 그 눈빛에 내가 찔리고 말았다. 시선은 폭력이다.

여기에서 저기로

못 주변 도로변은 벚꽃이 만개했고 건너편은 개나리가 무더기로 피었다. 가까이에서 자주 지나치고도 예쁘다는 생각을 못 했다. 못 건너편에서 바라보니 꽃 핀 개나리 넝쿨이 환하다. 물에 비친 개나리까지 반사되어 더 환하다. 개나리 넝쿨을 거닐면서는 저쪽 벚꽃 그늘이 좋아 보인다.

저쪽 벚꽃 길을 바라보기만 해도 마음속에 풍선이 들어앉은 듯 부풀어 오른다. 그런데 벚꽃 그늘을 거닐면서는 또 저쪽 건너편 세계가 아름답다고 느껴지는 것이다. 저 유치한 듯한 노란 빛깔의 아련함. 무언가 떠오를 듯 떠오를 듯 기억 저편이 희미하다.

항상 내가 서 있는 이곳을 아름답다고, 좋은 곳이라고 여기지 못하고 저쪽에 늘 마음이 가 있다. 건너편에서 바라보면 지나온 곳이나 아직 가지 않은 곳이 왜 아름답게 느껴지는지. 막상 다가가서 바라보면 전체가 보이는 것이 아니라 개별화되어 하나하나의 실체가 보이므로 저쪽에서 바라보았던 환상이 깨진다. 여기에서 저기에 대한 끝없는 욕망.

그런데 참 아름답다고 느낀 순간 떠오른 생각이 '저런 것은 죽어도 못 잊을 거야' 하는 생각이 스쳐 지나가는 것이다. 다시 한 번 물속의 개나리 넝쿨과 못가에 핀 개나리 넝쿨을 바라보았다. 왜 나는 아름다운 것을 보고 죽음을 떠올린 것일까?

지난가을에도 그랬다. 하늘은 구름 한 점 없고, 못물과 단풍든 나무, 산이 조화되어 그 빛깔이 보기 드물게 아름다워 환상적이었다. '단풍 든 세상도 이렇게 아름다울 수가 있구나. 멀리 갈 필요가 없구나' 했다. 생전에 그렇게 아름다운 빛깔을 처음 본 듯이 친구와 한참을 말없이 서서 바라보았다.

그 때도 머릿속으로 스며든 생각이 '이제 죽어도 좋아'였다.

여성의 시대가 오다

영화 〈아이 캔 스피크〉가 상영되었지만 하루하루 미루다 시기를 놓치고 말았다. 나문희 씨가 연말 대종상 여우주연상을 받고서야 〈아이 캔 스피크〉를 보았다. 사실은 상 받은 나문희 씨가 궁금해서였다.

평소에도 이웃의 어머니나 할머니 역할을 맡아 연기해왔기에 편안하게 보았다. 꾸밈없이 자연스러운 그녀의 모습이 좋았다. 과장된 포즈나 영화를 위한 겉치레를 다 뺀 영화 같았다. 영화를 보다가 결국 옥분이가 배에 난 칼자국과 문신을 내보이면서 참혹하고 아픈 과거를 세상에 증언할 때는 눈물이 줄줄 흘러내렸다. 그녀의 그 역할은 나옥분 한 개인을 넘어 위안부 할머니들의 주체성을 확보하는 순간이었다. 〈아이 캔 스피크〉는 나문희 씨가 딱 적격인 그녀를 위한 영화 같았다. 여우주연상을 받는 77세의 그녀의 모습은 멋졌다. '연기 인생 58년이라는데, 저분에게 저렇게 연기자의 길을 꾸준히 걸어

오게 한 근성과 저력이 어디서 나온 거지' 하며 인터넷 검색을 해보았다. 그녀의 가족관계에서 나혜석 씨가 고모할머니라는 것을 알았다. '아! 그럼 그렇지' 하며 나문희 씨의 내공이 만만치 않은 이유를 짐작할 수 있었다.

그런데 나는 그녀보다 나혜석이 궁금해졌다. 내가 아는 나혜석은 '여성해방의 선각자로 독립운동을 했으며 화가로서 한 시대를 앞서 불꽃 같은 삶을 살다 간 비운의 여인' 정도다. 그녀에 대한 정보를 찾아 읽었다. 마침 서울에 갈 일이 있어 〈신여성 도착하다〉 전시회도 다녀왔다. 근대 건축 양식을 대표하는 덕수궁 석조전에서 내가 잘 몰랐던 신여성들을 만날 수 있었다. 봉건 식민 시대에 스며든 신문물의 기류 속에서 사회정치적 제도의 불평등과 가정의 가부장적 인습에 저항하며 여성의 권리와 자유를 외치던 여성들이었다. "원시 여성은 태양이었다. 진정한 사람이었다. 지금 여성은 달이다. 타인에 의존하며 살고 타인의 빛에 의해 빛나는 병자와 같이 창백한 얼굴의 달이다." 일본 최초의 페미니즘 잡지 『세이토』 창간호(1911)에 쓰인 글이 전시장 입구에 붙어 있었다. 이 글을 읽고 나는 깜짝 놀랐다. '아니 그 시대에 이렇게 표현하다니? 일본은 이미 여성들이 깨어 있었구나.' 일본에 유학을 가거나 서구 문물을 접하게 된 개명한 부유한 집안의 엘리트 여성들이 조선으로 돌아와 조선 사회에 뿌리 깊게 박힌 남성 중심주의에 대해 불평등을 호소하는 것은 당연하다는 생각을 갖게 되었다.

신여성이란 용어는 19세기 말 유럽과 미국에서 시작하여 20세기

초 일본과 아시아에서 사용되었다. 우리나라의 경우 1890년대 이후 근대 교육을 받고 교양을 쌓은 여성이 등장하면서 언론 매체와 잡지에서 1910년대부터 쓰이기 시작하여 1920년대 1930년대까지 대대적으로 유행했다.

그녀들 중에서 익히 알고 있던 나혜석이 제일 먼저 눈에 들어왔다. 그녀가 그린 자화상 앞에 한참을 서 있었다. 긴 얼굴에 단호하면서도 우울해 보이는 눈빛과 보랏빛 의상이 독특했다. 마치 자신의 암울한 현실을 예견한 것처럼 어두운 배경이 짙게 드리워져 있었다. 색채를 이용해 감정을 표현한 기법이다. 그 옆에는 그녀가 그린 남편 김우영의 초상화도 같이 걸려 있었다.

나혜석은 시대 감각을 담은 시와 소설도 발표했다. 「노라」라는 시에는 "나는 인형이었네/아버지 딸인 인형으로/남편의 아내인 인형으로/그네의 노리개였네/노라를 놓아라/순순히 놓아다고/높은 장벽(障壁)을 헐고/깊은 규문(閨門)을 열고/자유의 대기 중에/노라를 놓아라//나는 사람이라네/남편의 아내 되기 전에/자녀의 어미 되기 전에/첫째로 사람이라네⋯⋯"라며 억압된 조선 사회에 새로운 여성관을 표출하면서 "소녀들이여 깨어서 뒤를 따라오라"는 말을 시 말미에 남겼다.

구여성의 수동적 삶에서 벗어나 신문명의 세례를 받은 신여성 나혜석은 오래 지속되어온 가부장적인 문화를 바꿔보려 했다. 신여성들은 선망의 대상이 되기도 했지만 편견과 조롱의 대상이 되기도 했다. 상업주의와 맞물려 '모던걸'은 부정적인 시각을 더욱 자극하는 한편 새로운 시대의 욕망의 표상으로 등장했다. 사람들은 손가락질하면서도 쳐다보며 관심을 가졌다. 길이 없는 곳에서 길을 만들며 앞서 갔던 그녀들은 현대를 살아가는 요즘의 우리 여성들보다 훨씬 진보적이고 대범한 면을 가진 여성이 많았다. 신여성들은 해방운동과 여성 계몽, 자유연애와 결혼 등에서 여성에 대한 제도적 불평등을 호소했다. 그러나 그 시대의 현실과 이상의 간극이 너무 컸다. 진보적인 사고가 그녀들의 삶을 행복하게 하지는 못했다.

"여자도 사람이다. 여자라는 것보다 먼저 사람이다. 조선 사회의 여자보다 먼저 우주와 전 인류의 여성이다." 나혜석은 여자도 이 우주의 한 사람임을 강조하며 편견 없이 인간으로 인정받고 싶어 했다. 그러나 1934년 김우영과 이혼하면서 「이혼고백서」를 발표함으로써 사회적 파장을 불러일으켰다. 전통적인 여성관에 정면으로 도전한 그녀에 대한 사회의 시선은 냉담해졌다. 그녀는 경제적 궁핍과 사회적 소외 속에서 죽는 날까지 고통스럽고 외롭게 살다 갔다. 나혜석이 살았던 수원에는 얼마 전 나혜석거리가 조성되었다고 한다.

불륜이니 이혼, 소송, 해외여행이니 하는 말들이 한 세기 전의 조선의 상황이 아니라 지금 현대의 시대 상황 같아 놀랍기도 하다. 현대를 살아가는 우리 여성들이 이만큼이라도 자유롭게 표현하고 활동할 수 있는 것은 신여성 그녀들이 길을 닦아놓은 덕분인 것 같다. 하지만 100년 전 신여성들이 겪었던 일들이 지금 개선되었다고 말할 수 있을까. 현재 우리가 살아가는 이 시대는 100여 년 전과 비교하면 많이 바뀌었지만 아직도 그늘에서 고통받고 있는 여성들이 많다. 우리 사회는 여전히 남성 중심적이어서 여성에게는 폐쇄적이다.

그러나 이제 여성의 시대가 왔다. 우리의 딸들과 그 딸의 딸들이 살아가야 할 세상은 남녀 서로 존중하고 존중받는 사회가 되었으면 좋겠다. 꿋꿋하게 연기 인생 60여 년을 걸어온 나문희 씨에게 경의를 표한다.

시여 내게로 오라

봄. 여름. 가을. 겨울. 이 낱말을 하나씩 입속에 넣고 굴리면 울림이 커진다.

봄봄 하고 입속으로 굴려본다. 땅과 하늘이 서로 감응하는 듯 연둣빛이 둥실 떠오른다.

말의 숨결이 은근하다. 맛깔스럽다.

깊은 달우물

댓돌 밑으로 내려서면 깊은 우물이 있다 이무기가 살 것 같은 우물. 거기에 달빛이 비치면 푸른빛이 더 푸르게 빛나 그 우물에 목욕하고 나온 듯 더 말간 달빛이 어둠을 감싸고 돈다. 어둠 헤치고 뒤란을 돌아가면 깊은 우물에 댓잎 그림자 달빛에 어른거린다. 푸른빛이 더 푸르게 빛나 하얗다. 달빛 속에 서 있는 어머니는 장항아리 위에 정화수 한 사발을 떠놓고 밤이슬 내리도록 천지신명에게 빌고 삼신할미에게 빌고 또 빈다. 물사발 속에 노란 호박 같은 달 뜨고 달 속에 깊은 우물 어린다. 달우물 속으로 걸어 들어가 불러도 돌아보지 않는 어머니 불룩한 배에 커다란 알을 안고 나온다. 그 우물에 목욕하고 나온 듯 더 말간 달빛이 어둠을 감싼다.

항아리 뚜껑 속의 물알

　감자 한 알이 검은 비닐봉지에서 뒹굴더니 싹이 툭툭 불거졌다. 시퍼런 뿔 같은 것이 여기저기 돋아나 먹을 수도 없지만 버리자니 좀 아까웠다. 감자가 푹 잠기게 사발에 물을 부어 부엌 창가에 두었다. 물을 머금은 감자는 하루가 다르게 자라났다.

　물을 얼마나 잘 빨아들이는지 하루만 물을 채워주지 않으면 찰랑거리던 물이 반으로 줄어들었다. 순이 쑥쑥 자라 푸른 잎 너풀거리더니 어느 날 꽃대를 쑥 밀어 올리는 것이 아닌가. 본 적 없는 감자꽃을 본다는 기대도 있었지만 물사발의 품이 작지 싶어 항아리 뚜껑으로 자리를 옮겨주고 베란다로 내놓았다. 꽃대에 매달려 고개를 숙이고 있던 연보랏빛 꽃망울들이 하나씩 고개 쳐들어 하얀 꽃을 조롱조롱 피우는 것이다. 꽃망울이 무거운가 싶었는데, 꽃 피울 때는 어디서 힘이 솟는지 하늘 향해 빳빳이 고개 쳐든다.

　꽃들도 꽃 피울 때는 있는 힘을 다해 고개 들고 세상에 자신을 드러내는 것이다. 땅에 납작 붙어 피는 보잘것없는 들꽃도 고개 들어 자신의 존재를 알리지 않던가. 꽃 피우고 한순간에 지니 안타깝다. 허나 지금 꽃을 이야기하려는 것이 아니다. 물속의 뿌리가 서로 엉키며 뻗어나가더니 물속에서 뿌리 끝에 알을 하나씩 매달고 있는 것 아닌가. 작고 푸른 알이 오종종 매달려 있다.

"이거 알이네. 물알" 하며 호들갑을 떨면서 고 이쁜 것들을 한참을 들여다보았다. 물속 열악한 환경에서 종족 보존을 위해 감자가 제 본분을 다하려고 안간힘을 쓴 것이다. 식물은 환경이 좋은 곳에서는 열매를 많이 맺지 않는다. 편안한 상태에서는 종족 보존 욕구가 퇴화되지만 환경이 나쁜 곳에서는 위급함을 느껴 종족 보존 욕구가 강해져 더 많은 열매를 맺는다고 한다. 산비탈의 볼품없는 소나무가 더 많은 솔방울을 매달고 있는 것도 그런 이유에서란다.

감자도 살기 위해 저렇게 물속에서 알을 낳고 있다. 봄은 봄인가 보다. 봄엔 부지깽이도 땅에 꽂아놓으면 싹튼다지 않던가. 감기 기운으로 식욕이 없지만 나도 살기 위해 먹었다. 살고자 하는 욕구가 강해졌나 보다.

말의 향기

나무나 꽃만 향기가 있는 게 아니다. 말에도 향기가 있다. 시를 쓰면서 말의 향기와 맛을 느끼게 되었다. 알사탕을 오래 굴려 먹듯 말을 입속에서 굴리며 음미하다 보면 독특한 맛을 즐기게 된다. 말이 가지고 있는 의미와 개념을 떠나서 그 말의 고유한 색깔과 향기를 찾을 수 있기 때문이다.

시인 김수영은 가장 아름다운 우리말에 마수걸이, 에누리, 총채, 부싯돌, 벼룻돌 등을 들고 있다. 어린 시절의 역사와 신화가 담겨 있어서 좋아한다고 했다. 그 말에는 자기만의 의미를 부여할 수 있기 때문이다. 그러나 나는 개인의 신화와 역사가 담긴 말보다 흔히 부르는 계절 이름을 음미해보았다.

봄. 여름. 가을. 겨울. 이 낱말을 하나씩 입속에 넣고 굴리면 울림이 커진다. 봄봄 하고 입속으로 굴려본다. 땅과 하늘이 서로 감응하는 듯 연둣빛이 둥실 떠오른다. 말의 숨결이 은근하다. 맛깔스럽다.

여름이란 낱말은 뭔가 꽉 차 있다. '여' 음이 가볍게 끌어올려지는 듯하다가 '름'이 숙지근하게 내리누른다. 초록 무성한 숲과 더운 공기가 어우러진 듯하다. 가을하면 텅 비어 있으면서 가득 찬 느낌이다. '가' 하면 바람에 불려 갈 것처럼 여리고 맑다. 거기에 '을' 음이 받쳐주는가 싶지만 밑으로 살짝 내려앉게 한다. 그래서 가볍지 않고 안정감이 있다.

또 겨울이라고 말하면 어떤가. 무겁다. 무언가 무겁게 내리누르는 듯, 베일에 싸여 있는 듯하다. 가을의 '을'과 겨울의 '울'의 차이를 느낄 수 있다. 누가 계절 이름을 명명했는가. 그는 대단히 말에 민감한 자다. 아니면 말이 닳고 닳아서 지금 이 말로 변천되어 온 것인가.

불어나 독일어에는 성(性)이 있다. 사물을 명할 때 여성, 남성으로 구분되어 있다는 것에 매혹되어 한때 우리말보다 외국어에 열중했었다. 하지만 시를 쓰면서 우리말에 푹 빠져들었다. 모든 시는 상처이기에 시로 인해 상처받고 또 위로받으면서 말의 울림과 향기를 체득하게 되었다. 아이러니하게도 상처받으면서 계속 시를 쓴다. 시쓰기도 중독성이 있나 보다.

등나무 예배당

운동 삼아 수성못 둑을 돈다. 못 주변은 볼거리가 많아 자주 다녀도 지루하지 않다. 이른 아침과 낮, 저녁의 느낌이 사뭇 다르기 때문이다. 못물만 보더라도 어제 물빛과 오늘 물빛이 다르다. 바람도 어제 바람이 아니다. 하루하루가 새날 같다.

또 이른 아침 못가에서 듣는 색소폰 소리는 색다른 맛이다. 바람결에 들리는 소리는 애잔하면서도 신선하다. 노신사의 연주는 매일 아침 산책자의 발걸음을 가볍게 해준다. 가끔 색소폰 소리가 들리지 않으면 노신사의 안부가 걱정되기도 한다.

어느 날 색소폰 소리를 들으며 걷다가 사념에 빠져들었다. 하루에도 수많은 사람들이 못을 왔다 간다. 사람들은 지나가면 그만이지만 늘 그 자리를 지키고 있는 못 주변의 나무와 돌, 물, 바람은 스쳐간 사람들의 표정 하나도 다 기억하고 있을 거라고, 내가 왔다 간 흔적도 어딘가에 새겨져 있을 거고, 먼 훗날 스쳐간 당신을 떠올린

나무들이 바람결에 가만가만 이야기할 거라고 생뚱한 생각을 다 해본다.

흔적 중에서도 오래 기억되어야 할 것은 토요일마다 어느 단체에서 제공하는 무료 급식이다. 수성못의 빼놓을 수 없는 정경이다. 급식차가 오는 시간이면 노인들이 못 입구 등나무 아래로 모여든다. 식사가 준비되면 노구를 일으켜 줄을 선다. 그들은 벌건 국밥을 하나씩 들고 옆으로 돌아앉아 먹는다. 시끌벅적하더니만 먹을 때는 옆도 안 돌아본다. 국밥에 얼굴 묻고 진지하게 먹는다. 수저 부딪는 달그락 소리와 뜨거운 국물 때문인지 훌쩍거림만 들린다.

참으로 밥 앞에서 엄숙하다. 한 끼 식사에도 저런데 하물며 매 끼니가 달린 문제는 어떨까? 밥 한 술 뜨고서야 다들 입매와 눈매가 부드럽다. 밥 한 술에 벌써 얼근하다. 뭐니 뭐니 해도 밥이다. 밥이 삶이고 밥이 생명이고 하나님이다.

무료 급식소 앞을 지나다 단순한 진리를 깨달았다. 어떤 말씀보다 밥이 가장 큰 말씀이라는 걸. 밥 앞에서는 누구나 공손해진다는 걸 알았다. 멀리 갈 것도 없다. 등나무 밑이 바로 예배당이다. 등나무는 이 모습을 오래 기억하리라.

유통기한

벽장에 먹다 둔 과자 봉지가 보인다. '이게 아직 남아 있었네' 하며 봉지를 여는 순간 작고 검은 나방들이 날아오른다. 봉지 속이 어둡다. 얼마나 오래 두었는지 과자 조각들이 바스러져 엉키고 하얀 실 같은 것이 막을 치고 있다. 고물고물 작은 벌레도 기어다닌다.

밀봉된 봉지 속에서 벌레가 어떻게 생겼지? 그 안에서 어떻게 살았을까? 벌레는 공기를 부풀리고 공기를 밀어 올리는 힘이 있나. 용케도 그 안에서 살았다. 과자는 이미 제 안에 벌레를 가지고 있었나. 쌀이나 콩, 잡곡에서 간혹 벌레들이 생겨 집 안을 날아다니는 것을 보았지만 과자에서 날벌레가 생기다니 신기할 따름이었다.

물건을 사면 유통기한이 있다. 그 기한이 지나면 물건 교환도 수선도 안 된다. 유통기한이란 말이 삶과 결부되어서인지 머릿속을 맴돈다. 굳이 나는 여기서 인간의 삶을 유통기한에 비유해 말하고 싶지는 않다. 그 말은 비수처럼 가슴을 파고들어 너무 아프기 때문이다. 그러나 우리는 피하지 못하고 어쩔 수 없이 죽음의 그림자를 끌어안고 살아간다.

삶과 죽음은 종이의 앞뒷면이라고 여겼는데 그게 아니다. 대칭점 끝에서 서로 바라보며 팽팽히 잡고 있던 끈을 슬쩍 한쪽에서 내려 놓으면 중심이 다른 한쪽으로 기울게 되는 것인가 보다. 통 속의 과자도 부패할 때까지 양끝이 서로 긴장하고 있었을 것이다. 벌레 같은 미물도 제 삶을 지탱하는 법을 알고 손 놓을 때를 아는가 보다. 꽃도 제가 필 때를 알고 질 때를 안다고 하지 않던가.

우리 몸에는 많은 벌레가 있다. 사랑벌레, 명예벌레, 돈벌레, 셀 수 없는 욕망의 벌레들이 우글거리고 있다. 욕망의 벌레는 여기에서 저기로 자리를 옮겨 다니며 시간을 갉아먹는다. 우리는 무수히 숭숭 구멍 뚫린 몸으로 살아가지만 그것을 깨닫지 못한다. 벌레들은 우리를 환상으로 끌고 가기 때문이다. 지금도 벌레들이 사각거리며 시간을 갉아먹고 있다.

따지고 보면 남은 시간이 많지 않다. 하지만 다행인지 모르겠다. 우리는 벌레들 때문에 유통기한을 망각하고 살아간다. 벌레는 밀폐된 통 속에서 한 생을 살다 뚜껑 열자 허물 벗어 던지고 날아올랐다.

유리의 소멸

　설거지를 하고 있는데 "쾅!" 하고 무언가 무너지는 소리를 들었다. "어디서 난 소리지?" 하고 달려가 보니 욕실 바닥에 발 디딜 틈도 없이 유리 파편이 쌓여 있는 게 아닌가. 욕실 샤워부스 여닫이 유리문 한쪽이 낱낱이 알알이 부서져 유리문의 흔적을 찾아볼 수 없었다.

　조금 전만 해도 식구들이 욕실을 사용했었다. 10여 분의 간격으로 위험을 면할 수 있었다. 저 안에 식구들 중 누군가 있었다면 사방으로 튀는 유리 파편을 다 덮어썼을 것 아닌가. 식구들을 다 출근시키고 나는 유리 파편을 치우는 것을 미루고 멍하니 소파에 앉아 마음을 진정시켰다. 가만있던 유리가 와르르 알알이 부서지다니, 뭐라고 표현할 수 없었다. 기분이 참으로 묘했다. "유리가 갑자기 저렇게 부서질 수도 있구나." 강화유리여서 다행이었다.

　유리창이 견고할 것이라 여겼더니만 모든 건물의 유리창도 안전

한 것은 아니구나 싶어 거실 유리창을 물끄러미 쳐다보았다. 영원한 것은 없다. 그러나 인간은 건망증이 심해서 조금만 지나면 사물이 유한하다는 것도 소멸하고 만다는 것도 잊어버린다. 자기 자신의 육체마저도 소멸하고 만다는 것을 잊고 영원히 살 것이라 여기고 과욕을 부린다.

유리는 제조 과정에서 공기가 들어가서 결함이 있거나 또는 충격을 받아 충격을 흡수하다가 더 이상 자극을 흡수하지 못하면 자신의 몸을 놓아버린다고 한다. 유리의 자살이라고도 말할 수 있는 이 일로 인해 많은 생각을 하게 되었다. 사물도 왔다가 갈 때가 있다는 것을, 언젠가는 소멸하는 때가 있다는 것을 다시금 인식하게 되었다. 부딪혀 깨지거나, 이 빠지거나, 금 가거나, 녹슬거나, 햇볕에 노출되어 탈색되고 낡고, 바람결에 풍화 작용으로 마모되고 삭아버리기도 한다. 사물도 언제 어떻게 명줄을 내려놓을지 아무도 모르지만 하여간 수명을 다해 쓸모가 없어진다.

사물의 소멸에 대해 이야기하다 보니 일화가 하나 떠오른다. 어느 절에 큰스님이 귀한 도자기를 가지고 계셨다. 방 청소를 하던 행자스님이 그 도자기를 들어 옮기려다가 미끄러져 그만 깨뜨리고 말았다. 행자스님은 "이제 큰일 났구나. 이 귀한 물건을 깨뜨렸으니 어떻게 하나" 하고 근심을 하고 있었다. 마침 큰스님이 그걸 보시고는 "그 물건은 갈 때가 되어 갔으니 너무 근심 마라" 했다는 이야기가 있다. 샤워부스 유리문도 갈 때가 되었던가 보다.

언젠가 가창을 지나 청도를 갈 때였다. 굴을 뚫어 새로 난 길 보다 옛길로 가고 싶었다. "고갯길의 운치를 맛보며 가자"며 일행들과 팔조령을 넘어갔다. 오르다 보니 길이 바스락거리는 소리가 들렸다. 차가 지나가니 오래된 아스팔트 바닥이 들떠 있어서 그런 소리가 나는 것 같기도 하고, 자동차 바퀴에 아스팔트 길이 바스러지는 소리 같기도 했다. 길도 집처럼 사람의 손이 가야 다져지고 윤이 나는가 보다 싶었다. 고갯길을 돌아 내려오는 내내 길도 낡고 늙으니 우는구나 싶어 마음 쓰였건 기억이 났다. 옛길이 수명이 다해 자연으로 돌아가는 과정처럼 보였다. 인간의 발길이 다져주고, 손길로 닦고, 쓸고, 조이고 해야만 길이고 사물이고 제 역할을 하나 보다.

이 시대를 살아가는 우리들은 인간이 만들어낸 사물이 언제 어떻게 될지를 생각지 못하고 언제까지나 영원할 것이라는 막연한 기대를 가지고 있다. 그래서인지 철저해야 할 안전 점검을 미루고 "오늘은 괜찮겠지. 뭐" 하며 덮어 버리고 만다. 나도 샤워부스 유리문이 부서지고 나서야 사물의 소멸에 대해 깨닫게 되었다. 베란다로 고개 돌리니 창가에 놓아둔 분홍색 플라스틱 소쿠리가 햇볕을 받아 허옇게 탈색되면서 부서져가고 있었다.

삶과 죽음

　일전에 페루에 댐 공사 시찰을 간 우리나라의 아까운 인재들이 헬기 추락 사고를 당했다. 참으로 가슴 아픈 일이다. 헬기 추락 사고를 방송과 신문에서 접하면서 지난겨울에 본 〈더 그레이(The gray)〉라는 영화가 떠올랐다.

　그 영화에서도 비행기가 추락한다. 낡고 오래된 경비행기가 난기류로 인해 알래스카 설원에 떨어져 비행기는 두 동강이 났다. 거대한 자연은 상상해보지 않은 위험과 고난과 공포로 다가온다. 영하 30도의 추위와 눈보라 속에서 사람들은 남쪽으로 살 길을 찾아간다. 그들을 이끌고 가는 사람이 주인공 오트웨이. 그의 직업은 킬러이다. 그는 알래스카 정유공장에서 그곳 숙소 주변에 나타나는 야생동물들로부터 직원들을 보호하는 일을 한다. 늑대를 향해 총구를 겨누는 일이다. 그는 아내를 잃은 뒤로 깊은 슬픔에 빠져 희망 없이 살아가고 있었다. 자살을 시도하려고 총구를 입에 넣고 방아쇠를 당기려다 그만둔다. 어디선가 들리는 늑대의 울음소리에 정신이 들어 총구를 내려놓는다.

다음 날 그는 고향으로 가는 비행기를 탔다가 사고를 당한다. 자살하려고 했던 그는 살아남은 몇 사람을 재촉해 살기 위해 길을 재촉한다. 한 걸음 한 걸음이 죽음을 향해 가는 걸음인 줄도 모르고 간다. 목숨이 붙어 있는 한 살아야 하기에 앞으로 나가는 건지도 모른다. 그 자리에 머물러 있다간 얼어 죽거나 늑대에게 잡아먹히니까.

혹한의 길 위에서 한 사람씩 죽고 혼자 살아남은 주인공이 기진맥진해서 다다른 곳이 바로 늑대의 소굴이다. 아이러니하게도 살자고 찾아온 곳이 나아갈 길도 물러설 길도 없는 죽음의 장소이다. 그의 삶은 씁쓸하게도 인과응보에서 벗어날 수 없다는 거다. 늑대를 죽이다 늑대에게 먹힌다는 것 말이다. 결국 등장인물이 다 죽어버린다. 관객의 기대를 저버리는 영화다.

그러나 이 영화가 기억에 남는다. 영화는 공포와 같은 대자연 앞에서 속수무책일 수밖에 없는 나약한 인간이 끝까지 살아남아야 한다는 의미보다 살아 있는 자들은 어떤 상황에도 끝까지 꿋꿋하게 앞으로 나아간다는 의미를 담고 있다. 관객의 기대에 역전을 노린 영화이다. 영화 속의 사람들은 한 번도 상상해보지 않은 자연의 공포 앞에서 몸부림치는 절박함 속에서 고향의 사랑하는 사람들을 떠올린다.

우리는 살아가면서 심리적으로 절벽 끝에 서 있다고 느끼는 절박한 때를 만난다. 그때의 절박함은 말로 표현할 수 없다. 도시에 살든 산골에 살든 절박함은 이유 없이 찾아온다. 불안은 장소를 가리지 않고 찾아오기 때문이다. 어디로도 갈 수 없는 막다른 곳이 바로 절벽이다. 주인공 오트웨이는 자신이 늑대 소굴로 들어왔다는 것을 감지한다. 그리고 배낭에 넣어가지고 온 탑승객들의 지갑을 하나하나 꺼내어 쌓아놓고 기도를 올린다.

"하나님, 여기서 저를 살려주십시오. 저를 살려주시면 남은 삶은 하나님을 믿고 살아가겠습니다." 참으로 절박한 기도다. 하나님께서는 세상 끝날까지 너희와 함께할 것이라 하셨는데 왜 오트웨이의 기도를 들어주시지 않았을까. 아마도 그의 기도는 죽음의 문턱에서 하나님과 흥정하려고 했기 때문이 아닐까. 오트웨이가 하는 기도를 보고 나도 다급할 때만 저런 기도를 했던 건 아니었나 반성해보았다. 기도가 가장 쉬우면서도 어렵다. 기도도 그냥 무턱대고 하는 것이 아니라는 것을 알았다. 무엇이든 다 들어주시는 하나님이 아니라는 것도.

페루에서 헬기 추락 사고를 당한 고인들의 명복을 빈다.

딸기 먹으러 간다

"우리는 죽을 때를 '딸기 먹으러 간다'고 말해. 왜냐
하면 하늘나라 가는 길에 딸기가 심어져 있기 때문이
지. 이제 나는 딸기를 거의 다 먹은 것 같아. 갈 때가
되었지. 마음 쓰지 않아."

—『지혜는 어떻게 오는가』 중에서

저승 가는 길을 딸기 먹으러 간다고 말하다니, 그렇게 말할 줄 아
는 인디언들에게 진한 인간애가 느껴졌다. 인디언 스승들의 꿈과
이상, 치유법과 묵시론적 예언의 말은 수천 년을 거슬러 올라가 심
오한 인류의 지혜를 전하는 말이다.

이 책은 살아 있는 인디언 영적 스승 17인의 가르침을 두 기자가
직접 찾아다니며 기록한 것이다. 삶의 지혜를 터득하는 방법이 각
스승에 따라 다르다. 한마디로 지혜는 손으로 잡을 수 없고 눈에 보

이지 않아 찾을 수 없지만 마음으로 보는 것이라는 것을 가르쳐주고 있다.

지혜는 추상적인 것이 아니라 이 세계를 살아가는 행위이며 자기 자신보다 가족과 이웃, 민족을 먼저 생각하고 개인적인 것은 사회의 독이 된다고 경고한다. 미래도 멀리 떨어져 시야 밖에 있는 것이 아니라 우리 어깨너머에 있으며 우리 뒤에 오는 아들과 딸들이 바로 우리의 미래라며, 그들에게 물려주어야 할 대지의 존엄성에 대해 경각심을 불러일으키고 있다.

어머니인 대지를 치료하고 돌보지 않으면 자연이 스스로 치유할 거라는 말에 귀 기울여 볼 만하다. 모든 것은 서로 연결되어 있지만 우리는 귀를 막고 그것을 모르는 척하고 있다. 이 지상의 모든 존재들은 어머니인 대지의 자식이다.

하늘나라 가는 길에 딸기가 심어져 있다니 딸기 하나씩 따 먹으며 가는 길은 두렵지도 외롭지도 않겠다. 나는 두려움과 불안을 숨기고 있는 이 말이 참 좋다.

이별, 그리고 시작

자다가 밤공기를 가르며 들려오는 소리에 잠이 깼다. 창을 두드리는 빗소리. 추위를 몰고 오는 겨울비다. 다시 잠들지 못하고 이리저리 몸 뒤채다 일어나 아침 공기를 쐬려고 창문을 열었다. 어슴푸레한 가운데 비에 젖은 노란 빛깔의 낙엽이 빨간 자동차 주변에 떨어져 있었다. 자동차와 낙엽의 조화가 얼마나 아름답던지.

아침 식사를 하고 새벽에 본 정경이 떠올라 창밖을 보니 이미 빨간 자동차는 그 자리에 없었다. 무심코 바라보던 풍경에서 전혀 예기치 않은 모습을 보았다. 벌써 12월이다. 어제 그제와 달리 공기가 싸늘하다. 달력을 다 넘기고 마지막 장이 펼쳐져 나를 빤히 바라보고 있다. 무언가 아쉬움이 남는다. 아쉬움이란 이별의 정한(情恨) 같은 것이고, 아쉬움에는 서운하고 만족스럽지 못한 그 무엇이 있다. 무엇 때문일까 하고 생각해보았다.

올해 우리나라에 크고 작은 사건 사고가 많았다. 온 국민은 큰 사고로 인해 모두 슬퍼하고 아파했다. 그 슬픔을 아직도 앓고 있다. 한 동안 온 국민이 노란 리본을 가슴에 달고 있었다. 너무나 큰 슬픔 앞에서 각자 개인적인 슬픔은 내놓고 슬퍼할 수도 아파할 수도 울 수도 없었다. 잘못이 없어도 기성 세대라는 것만으로도 젊은 세대에게 죄인처럼 미안했다. 그러나 그 후 아무 일도 일어나지 않았던 것처럼 울고 웃으며 지냈다. 세월호, 진도, 팽목항, 그런 말들이 우리 기억 속에서 가물가물 잊혀가고 나도 내 삶에 부대껴 깜박깜박 잊어버리곤 했다.

그러나 '세월호' 사건은 우리가 삶과 죽음 사이에 놓인 존재라는 걸 깨닫게 해주었다. 무엇을 하며, 어떻게 살아가야 하는가를 염두에 두게 되었다. 이제 슬픔과 고통에 투사된 에너지를 응집시켜 새롭고 창조적인 에너지로 키워나갔으면 좋겠다. 세월호로 인해 희생된 자들을 위해 할 일도 많고, 살아남은 자들을 위해서도 할 일이 많다. 그들을 위해 추모비도 세워야 하고 그들의 죽음이 헛되지 않도록 사회 전반에 안전 점검도 꾸준히 실시해야 한다. 떠나간 그들이 못다 한 것을 대신해서 열심히 살아야 하고 그들의 몫까지 살아내야만 한다. 우리가 언제까지 슬퍼하고 애통해할 수만은 없다. 떠나간 이들도 사랑하던 이들이 언제까지나 슬피 울고 있는 것을 바라지 않을 거다. 일상으로 돌아가 하던 일을 계속하길 바랄 것이다.

애도란 사랑하는 사람의 상실과 그 상실에 대한 심리적 태도와 그것을 소화해내는 과정이다. 대상에게 가 있던 사랑의 감정을 다른 곳으로 돌려 자아를 찾아가는 것이 가장 좋은 애도의 한 방법이다. 사랑하는 대상에게 가 있던 감정을 쉬 거두어들이지 못해 애도가 길어지면 병리적인 증상인 우울증을 유발하게 된다. 온 국민이 우울증에 빠져들게 할 수는 없지 않은가.

첫새벽에 무심코 바라보던 낙엽이 전혀 생각지도 못했던 아름다운 모습을 보여주고 있었던 것처럼 우리도 삶 속에서 조금만 생각을 바꾸면 느끼지 못했던 것, 보이지 않았던 것들을 볼 수 있다. 한 친구는 낙엽을 주워 책상 위에 수북이 올려두고 부자가 된 것 같다며 흐뭇해했다.

또 한 해가 저물어간다. 가야 할 길은 먼데 앞이 잘 보이지 않는다. 저 멀리 가물거리는 불빛에 발걸음을 멈추고 그 빛줄기를 바라본다. 여전히 길은 잘 보이지 않지만 마음은 불빛 쪽으로 고개를 돌리고 있다. 이 해가 가고 나면 모든 길이 새롭게 열리길, 모든 어둠 지워내고 환하게 트이기를 빌어본다.

비 냄새와 빗소리

마른장마라기에 비 좀 왔으면 했더니 연거푸 비를 몰고 와 흠뻑 적시고 갔다. 일기예보에 비 소식이 있어도 종종 대구를 비켜간다. 비구름이 대구를 지나갈 때면 발걸음이 빨라진다고 한다. 우스갯말로 대구 가까이 오면 구름이 돌아가거나 냅다 도망간다는 것이다. 대구 사람의 기질이 강해서 무서워서 그런다나. 웃자고 해본 말이다.

후드득거리며 바람의 발소리처럼 비가 창을 두드린다. 비가 내리면 시간도 내려앉는 것 같다. 고층 아파트에 살면서 빗소리와 비 냄새에 둔해졌다. 집 안에 있으면 비가 오는지 모를 때가 있다. 창밖을 보고서야 비 오는 것을 알면 얼마나 서운한지 모른다. 빗소리를 듣지 못한 아쉬움도 있지만 비 올 때 나는 비의 냄새를 놓쳐버려서다. 빗방울이 탁 하고 흙을 적실 때 나는 냄새는 후각을 자극한다. 그 냄새는 뭐라 표현할 수 없는 그리운 것들의 독특한 냄새다. 빗소리를 그리워한다는 것은 물소리를 그리워한다는 것인데, 바로 어머니 뱃속에서 듣던 익숙한 소리이기 때문인가 보다. 빗소리는 인간 존재의 밑바닥에 근원을 두고 있어서 편안하게 들리나 보다.

보도블록 틈으로 지렁이가 기어 나오거나 개미가 이동하면 비 올 기미라고 한다. 또 제비가 땅 가까이 날면 비가 올 징조라 한다. 곤충이 몸을 숨기기 때문에 새는 먹이를 찾기 위해 낮게 난다. 요즈음 사람들은 도시의 매연과 각종 오염된 물질에서 나는 냄새로 후각이 마비되어서 냄새를 잘 느끼지 못하지만 예전 사람들은 멀리서 불어오는 바람에서 비의 냄새를 맡고 비가 올 조짐을 알았다고 한다. 바람에서 신선하고 향긋한 냄새를 맡았다는 것이다.

비의 냄새를 페트리커 냄새라고 한다. 흙에 섞여 있는 각종 물질이 내뿜는 냄새다. 일부 식물은 건기 때 기름을 분비하는데 이 기름은 종자를 보호하면서 건기를 견뎌내는 전략이다. 시간이 지나면서 이 기름이 주변 흙에 스며들기 시작한다. 이때 각종 화합물이 공기 중에 떠다니기도 한다. 또한 흙 속에는 박테리아가 만들어내는 '지오스민'이라는 혼합물질이 있다. 박테리아가 포자를 형성하는 과정에서 생성되는 이런 물질들은 빗방울이 떨어질 때 다른 화합물질에 섞여 향긋한 페트리커 냄새를 만들어낸다고 한다.

비는 풍요와 축복, 삶의 생동감과 사랑의 운우지정(雲雨之情)으로 표현되기도 하고 죽음이나 고독으로 빗대어져 시인들이 노래하기도 한다. 비는 적절할 때는 풍요와 생명을 가져다주지만 넘쳐날 때는 한순간에 모든 것을 다 휩쓸어버리니 파괴력이 대단하다. 그래서 비는 새로운 시작을 의미하기도 한다.

어릴 적에 비가 오면 좋아서 "비야 비야 오너라" 흥얼거리며 마당을 맴돌았던 기억이 난다. 어른들은 비를 맞지 말라고 성화였지만 비 냄새를 맡으며 마당을 뛰어 다녔다. 갑자기 비가 오면 아주까리 커다란 잎을 꺾어 머리에 쓰고 놀았던 기억도 난다. 또 장마가 오래 계속되면 나가 놀지 못하고, 어머니가 볶아주신 콩을 먹으며 처마 끝에 앉아 낙숫물 떨어지는 소리를 들었다. 그때 처마 끝에 제비처럼 앉아 부른 노래가 떠올라 흥얼거려 보았다. 첫 구절만 맴돌아 가사를 찾아보았다.

> 비야 비야 비야 오지 말아라
> 우리 언니 시집간단다
> 비야 비야 비야 오지 말아라
> 장마비야 오지 말아라
> 꽃가마에 비 뿌리면 다홍치마 얼룩진다
> 연지곤지 예쁜 얼굴 빗물에 다 젖는다
> 비야 비야 비야 오지 말아라
> 우리 언니 시집간단다

아련하니 노랫말에 젖어본다.

빗소리는 흐르는 소리이고 길 떠나는 소리이고 내 몸속에서도 꾸르륵거리며 강물처럼 흐르는 소리이다. 빗소리에 귀 기울이는 것은 내 속의 강물 소리에 귀 기울이는 것인지도 모르겠다.

쪼글쪼글해진 사과

　사과 몇 알이 베란다에서 뒤채더니 쪼글쪼글해졌다. 발뒤꿈치 각질처럼 단단해 칼이 잘 들어가지 않는다. 껍질이 두툼하다. 사과를 깎다가 주름에 대해 생각하게 되었다. 인간은 태어날 때 주름투성이로 왔다가 한 생을 살다 갈 때도 주름투성이가 되어 왔던 곳으로 되돌아간다. 주름이라 하니 '시골 농부의 주름진 얼굴'이나 '할머니의 손'이 떠오른다. 주름은 우리가 알아차릴 수 없는 속도로 시간이 흐르면서 나타나는 흔적이다. 오래된 흔적이고 살아온 자국이다. 세월의 흐름을 보여주는 무늬로 일종의 육체적 노화의 현상이다. 주름은 타자와의 관계에서 생겨나는 일종의 기록이며, 한 개인 혹은 각 대상에게 개별적으로 나타나게 된다.

　주름을 만드는 것은 나 자신일 수도 있고 외부로부터 받는 자극일 수도 있다. 주름이 남들과 같은 주름이 될지 아닐지는 나의 의지력과 선택에 의해서 만들어지는 경우도 있지만 나의 의지와 상관없는 경우도 있다. 나는 주체적으로 살아가려 하지만 어쩔 수 없이 주변 환경에 영향을 받게 된다. 다양한 주름의 형상은 개인의 역사를 대변하기도 하고 삶의 나아갈 방향의 지침이 되기도 한다.

주름은 존재에 대한 물음과 설명으로 자신의 삶을 돌아보고 남은 세월에 대한 생각을 하게 한다. 주름은 근심이나 불행의 은유로 말해지지만 개인이 헤쳐왔을 개인의 역사를 보여준다. 사람들은 자신의 역사인 주름을 감추고 싶어 한다. 화장을 하거나 피부과나 성형외과에서 현대과학의 힘을 빌려 주름을 지우개로 지우려고 한다. 주름을 부끄럽게 여기거나 보기 싫은 것으로 치부하지만 세월이 만들어낸 깊이와 연륜이 주름 사이에 스며 있다. 나무의 나이테처럼 연륜을 드러내고 깊이와 삶의 경험이 그 안에 다 들어 있다. 주름살의 깊이가 삶의 깊이다.

얼굴의 주름살은 몸이 겪은 희로애락(喜怒哀樂)의 증표이다. 후회와 분노와 연민과 용서가 주름 그 사이사이를 메우고 있다. 아마도 주름살이 없는 사람은 밋밋하고 정적이라 차가운 느낌을 줄 것이고, 주름살이 많은 사람은 동적이라 부드러움이 배어날 것이다. 감정의 변화를 잘 표현한 사람이기 때문이다. 주름에도 아름다운 주름이 있다. 자연스러운 주름을 말하는데, 즐겁게 웃어서 생기는 부드러운 주름이다. 화를 내거나 신경질적으로 찡그려 생기는 주름과는 다르다. 자신에게 새겨진 주름은 자신을 대변한다. 주름은 자기만의 고유한 형태를 만들어내기 때문이다.

주름은 우리 몸의 외부에만 생기는 것이 아니다. 우리 몸속에도 수많은 주름이 잡혀 있다. 위 내시경을 했을 때 화면 속의 붉은 위장은 주름져 있었다. 나이가 들면 눈에도 주름이 지고, 몸속 장기들에도 주름이 진다고 한다. 우리 뇌에도 주름이 많다. 뇌 주름에는 삶의 흔적들이 차곡차곡 쟁여져 있을 것이다. 우리 뇌 주름 갈피갈피에는 기쁘고 행복했던 순간들과 슬프고 괴롭고 고통스런 기억들이 쌓여 있다가 어느 순간에 솔솔 풀려나와 지나간 생을 반추하게 한다.

주름진 몸은 많은 말을 건넨다. 주름은 예전의 몸에 대해 말하지 않지만 주름은 삶을 견뎌온 내력이다. 주름살 하나에도 다 사연이 있다. 지금까지 살아온 삶이 고스란히 몸에 새겨져 있어, 어디서 무엇을 하며 어떻게 살아왔는지 몸은 다 안다. 연로하신 노인들의 골진 주름을 보면 멀리서 한 생을 이끌고 여기까지 온몸으로 온 것 같아 예사로 보이지 않는다. 주름진 생이 뿜어내는 삶은 묵묵히 한 생을 견뎌온 고행의 흔적으로 같다. 인생 여정이 바로 구도의 길 아니던가. 쪼글쪼글해진 사과를 깎으니 단내가 새금새금 난다.

시와 진실

시는 시인이 말하고 이야기하고 보고 듣고 느끼는 것의 의미를 미묘하게 만들어주는 작업이다. 그렇다면 시의 세계에 리얼리티는 있는가? 사물의 세계에 리얼리티가 존재할까? 우리가 리얼리티라고 믿는 것이 사실인가? 하고 물어볼 수 있겠다. 이미 시인은 한 사물의 의미가 그 사물의 진실이 아니라는 것을 알고 있다. 단지 작품 속에서 리얼리즘의 심리적 상태를 유발시키는 것이다.

작품 속에서 진실을 다 말할 수는 없다. 그렇기에 진실을 말할 때 부분적 진실을 말할 수밖에 없다. 라캉이 "왜 당신은 진실에 대한 진실은 말하지 않는가?"라고 말했듯 온전한 진실은 없기 때문이다. 잘 말하기는 반쯤 말하기다. 그렇듯이 시 쓰기도 그런 것 같다. 온전히 사실을 다 말하는 것은 이미 시가 아니지 않은가. 시 쓰기도 반쯤 말하기와 같은 방식이다.

시인이 말하고 싶어 하는 것은 세계에 대한 진실된 증언이다. 하지만 인간이 현실을 살아갈 수 있는 것은 진실이 베일에 가려져 있기 때문이다. 시인은 사물이 소진될 때까지 철저하게 사물을 응시함으로써 그 베일을 벗기려는 사람이다. 눈에 보이는 것은 사실 별로 중요하지 않다. 아무리 예리할지라도 눈에 보이는 것은 이미 누구나 다 알고 있는 것에 지나지 않는다.

내 시는 내가 걸어온 족적이며 내 경험의 소산물이다. 진실은 시적 현실의 실마리가 되어 내 속에 잠재해 있다. 나는 시적 현실을 표현하고자 한다. 시는 의미 없이는 안 된다. 그렇다고 의미에 치중해도 안 된다. 사물은 관습적 이미지에서 벗어나기를 바라고 있기 때문이다. 나는 시로 재현된 대상이 진동하기를 바란다. 그리고 기다린다. 시가 공명되어 은은히 울리기를.

새 아침의 명상

나에게 모든 아침은 새 아침이다. 아침은 세상과 만나는 첫 시간이며 희망의 시간이다. 매일 맞는 아침이지만 그날그날의 느낌은 사뭇 다르다. 아침이 찬란한 빛 속에서든, 안개 속에서든, 눈 내리든, 비 오든, 바람 불든 그건 중요하지 않다.

순결한 아침을 맞이한다는 것, 장엄한 자연의 순리에 그저 감사하다. 아침은 하나의 문이란 생각을 하면서 아침을 맞아 새로운 문을 밀어보는 것이다. 오늘의 문을 밀고 지나가면 내일 아침은 내일의 문을 열게 되는 것이다. 우리는 수많은 문을 밀고 왔으며 앞으로도 수많은 문을 밀고 나아갈 것이다. 나는 아침의 문을 열 때마다 호기심과 두근거림으로 새롭다. 매일 아침 눈을 뜨는 순간 때때로 환희와 경이를 맛볼 때가 있다. 한 존재로서 이 순간이 참으로 소중하다.

나는 아침을 맞이할 때마다 해를 숭배하는 사람처럼 해를 바라보면서 가슴속의 소망을 말하거나, 오늘 해야 할 일들을 떠올리며 새로운 힘을 얻는다. 아침은 건전지처럼 닳아 없어진 나를 재충전해 주고 하루를 살아갈 에너지를 채워준다. 나는 아침밥을 하기 위해 쌀을 씻으면서 마음 갈피에 달라붙어 있는 탐욕과 이기심과 위선도 같이 씻어내려고 한다. 내 이익만 챙기려고 들고, 무엇이 옳은지 그른지 인식하지 못하고, 자기 잘못은 덮어두고 남의 잘못만 들추어 내려고 했던 건 아닌가. 내 눈의 들보는 보지 못하고 남의 눈의 티만 탓하는 것은 아니었나 하고 말이다.

얼마 전 심한 몸살을 앓았다. 이때 멀리 있는 친구에게서 크리스마스카드 한 통을 받았다. 카드에 쓰인 친구의 글을 소개하면 이렇다. "새해가 오면 한 고개 더 오르네. 고개 오르니 한결 세상이 잘 내려다보이는구나. 아이도 키워보고 부모님도 섬기다 보니 삶과 죽음을 통한 인생의 순환 고리가 저절로 알아지고, 은인이 원수처럼 애태우고, 원수가 은인이 되어 돌아오니 원수와 은인이 한 몸이었음 실감한다. 오르기 힘들었지, 목도 타고 심장도 타고, 이 고개를 내려갈 때는 한결 걸음이 가볍겠지, 울다가 웃는 인생이다. 참 별거 아닌데 너무 심각했던 게 아쉬워."

카드를 읽으며 좀 놀랐다. 세상을 살아가는 것이 바로 눈 뜨는 과정이라고 하는데 친구의 마음이 깊어져서이다. 이 친구가 정말 잘 살아왔구나 싶어 몸을 추슬러 바로 답장을 썼다. "그래. 맞다. 친구야! 참 잘 살았구나. 삶 속에서 네가 내 선생 같다. 네가 있어 행복하다"는 내용의 편지를 써서 책 한 권과 함께 보냈다. 사실 어려운 환경에서도 늘 햇살처럼 밝은 빛과 기운을 주변에 나누어주는 친구다. 자주 만날 수 없지만 마음이 서로 통하는 친구가 있어 작은 행복을 맛보았다. 친구의 편지 한 통으로 인해 잠시 나를 돌아보는 시간도 가질 수 있었다.

아파 누워 있으니 별 생각이 다 들었다. 삶과 죽음이 동전의 양면 같다는 생각에 기도가 저절로 나왔다. 교만하지 않고 인색하지 않고 소탈하고, 섬세하고, 여유를 갖게 해달라고 그리고 해의 밝음과 따사로운 기가 내 영혼 속에 가득 차게 해달라고 빌었다. 아픈 와중에서도 나는 살아 있는 동안 글을 쓰고, 글을 쓰는 동안 살아 있기를 또 빌었다.

주변 사람 모두가 아침 햇살의 기운을 받아 건강하고 지혜롭게 이 질풍노도의 시대를 잘 살아가시기를 빌었다. 행복은 내면적이고 정신적이고 영적인 것이다. 내면에서 기쁨이 샘솟아야 한다.

시여 내게로 오라

　내 문학에 대한 사랑은 초등학교 3학년 때부터였다. 「넉 점 반」이란 동시와 강소천의 동화를 읽으면서 내 꿈은 조금씩 자라났다. 그렇다고 문예반에 들어가거나 글쓰기를 한 것은 아니었다. 지독히도 내성적이었고 학급에서 있는지 없는지조차 모를 정도로 조용한 아이였다. 어려서부터 친구도 잘 사귀지 못해 늘 혼자서 배돌며 머릿속으로 상상의 나래를 펼치고는 했다. 말없이 조용하지만 조숙했었던 것 같다. 오빠가 보던 만화책부터 읽었다.

　중학교 때인가 담임 선생님이 나이 많으신 국어 선생님이셨는데 한번은 시를 끄적이던 노트를 선생님에게 보였더니 "나는 잘 모르니 다른 선생님에게 보여라" 하는 말에 노트에 끄적이던 것을 접었다. 고등학교 입시가 있었던 것이다. 그리고 고등학교에 가서는 담임이 불어 선생님이어서 불어에 관심을 가지게 되었다. 베를렌의 시를 외우시는 선생님에게서 프랑스 문학의 향기를 맡았다. 대학의 전공도 불문학을 택했다. 늘 수첩이나 노트 한쪽에 무언가를 끄적끄적거리며 예쁜 노트를 사 모으기도 했다.

그때 시인이나 소설가는 아무나 되는 것이 아니라고 생각했기에 엄두도 내지 못했다. 그저 멀리서 짝사랑만 하고 있었다. 그렇게 쓰고 싶던 시를 쓰는 시인이 되고도 나는 여전히 시를 짝사랑하고 있다. '시여 나에게로 오라'며 주문처럼 중얼거린다.

새소리

나는 새들이 그렇게 아름다운 소리를 가졌는지 몰랐다. 내 귀는 방울새 소리도, 휘파람새 소리도 알아채지 못했다. 문득 어느 날 휘리릭 날아가다 나뭇가지에 걸리는 새소리를 잡아챘다. 소리에도 결이 있어 어느 소리는 하늘로 퍼져나가고, 또 어떤 소리는 담을 넘어가고 어느 소리는 내 발치에 떨어졌다.

소리를 보다

얼마 전 TV 드라마에서 본 장면이다. 어떤 작품인지 제목도 모르고 채널을 돌리다가 잠시 멈추어 서서 보고 들었다. 열한두어 살의 어린 형제가 방금 어머니의 장례를 치르고 울다가 지쳐 무덤 가에 망연히 앉아 있다. 벙어리 형제지만 동생은 듣기도 한다.

동생이 "형, 새가 울어" 하고 형에게 새를 가리킨다, 새를 바라보던 형이 "새는 어떻게 우니?" 하고 묻는다. 새 울음소리를 땅바닥에 쓰려고 하던 동생은 듣지 못하는 형에게 새의 울음을 알려준다는 것이 의미 없음을 깨닫는다. 동생은 망설이다가 새소리는 '잠 깨우는 소리', 물소리는 '멀리 떠나는 소리', 바람소리는 '나뭇잎이 흔들리는 소리'라고 나뭇가지로 땅바닥에 글을 쓴다.

나는 그 장면을 본 순간 '아! 바로 저거다' 하는 마음에 텔레비전 앞으로 다가갔다. 저렇게 표현하는 것이 시이기 때문이다. 그 말은 시 쓰기의 표현 방법이라 할 수 있다. 시는 설명하거나 사실적으로 말하는 방법이 아니라 에둘러 말하기이다. 나는 굳이 사물이 내는 소리를 드러내려고 고심했었다. 말[言語]에 갇혀 있었던 것이다. 시는 말에서 나온 것이기에 말을 초월해야 하지 않을까. 사물의 소리를 듣는 것보다 사물의 소리를 보는 것이 이미지를 잘 드러낼 수 있기 때문이다.

시를 쓸 때나 삶의 문제에 부딪혔을 때 앞으로 나가지 못하는 것은 전체를 못 보아서이다. 꽃을 보면 낙엽을 보고 떨어진 잎을 보면 꽃을 보아야 한다. 종이 한 장에서 한 그루 나무를 보아야 하고, 거기에 물과 바람과 햇빛이 스며 있는 것을 보아야 한다. 모든 것은 서로 이어져 있다. 그것이 연기(緣起)다. 말에 의해 연기를 따라가다 보면 새로운 발견을 하게 된다. 잘 볼 수 있을 때 좋은 글도 쓸 수 있으리라.

나는 그동안 잘 보지 못하고 꽃이면 꽃, 잎이면 잎 한 부분만을 보았던 건 아닌가. 나무 전체를 보는 눈을 기르지 못했다. 무엇보다도 문학이란 자신을 정확히 들여다보는 것에서부터 출발해야 한다. 문학이나 예술뿐만 아니라 인생의 모든 부분에서 잘 본다는 것은 아주 중요하다. 내 뿌리가 어디에서 왔는가? 어디에 있는가? 일깨워준다. 시는 존재로 들어가기다.

옛것의 아름다움

지난여름은 참으로 더웠다. "여름은 여름을 반성할 줄 모르고"라고 김수영 시인이 말했듯이 여름은 무수한 땀방울과 아스팔트를 녹이던 숨 막히던 열기에 대해 뒤돌아보지도 않고 말없이 가버렸다. 언제 더웠던가 싶게 제법 서늘한 바람이 분다. 다음 주면 벌써 추석이다.

추석이 오면 대부분의 사람들은 고향을 떠올린다. 내 고향은 집 앞으로 낙동강물이 흐르고 강변 모래밭과 키 큰 미루나무가 듬성듬성 서 있는 곳이었다. 그곳은 오랫동안 문명의 혜택을 입지 못했었다. 가끔 둘러보는 고향은 언제나 그대로였었다. 그러나 다리가 놓이고 전깃불이 들어오면서 고향은 하루가 다르게 변모해갔다. 맑고 투명하던 강물은 빛을 잃어갔고 강변의 모래사장도 조금씩 줄어들었다. 사람의 발길 닿는 곳마다 자연은 본래의 빛을 서서히 잃어가고 있다.

얼마 전에 가보니 고향 마을이 변했다. 마을이 사라지고 내가 살았던 옛집만 덩그렇게 놓여 꼭 갈래길에 놓인 주막집 같았다. 4대강 사업으로 인해 주변의 집들이 하나둘 다른 곳으로 이주해 갔다는 것이다. 옛집에 살고 계시는 작은아버님께서도 곧 집을 옮길 거라고 하셨다. 유년의 고향집은 이제 어디서도 찾을 수 없게 되었다. 실망감이 컸다. 고향집은 언제까지라도 그 자리에 있을 줄 알았기 때문이었다. 나는 서울의 수송초등학교를 졸업했다. 그 학교가 오래전에 폐교되어 그리움의 장소가 또 하나 없어졌다. 학교 앞 골목과 건물도 다 변해 옛 기억을 더듬어볼 수조차 없었다.

몇 년 전 유럽의 몇몇 나라를 여행할 때였다. 작은 마을의 골목이며 집들이 몇백 년째 그대로인 걸 보았다. 시간이 멈춰 있는 도시같이 말이다. 오래도록 변함없이 빵집과 식당과 카페, 토산품점이 거기에 있었다. 그곳 사람들은 그 장소를 유지하고 있는 것을 아주 자랑스러워했다. 관광객들은 그 자리에 카페나 빵집이 그대로 있다는 것만으로도 감탄하며 향수에 젖게 된다. 그곳은 삶에 지쳐 있을 때, 위안을 받고 싶을 때, 힐링(healing)의 장소가 될 수도 있다. 요즘 여기저기서 힐링이라는 말을 많이 사용한다. 진정한 힐링은 좋은 것을 먹고 좋은 공기를 마시는 것만이 아니라 정신의 힐링이 먼저 되어야 한다고 본다.

우리나라 대다수의 사람들이 명절이 되면 길이 밀려도 마다하지 않고 그 먼 길을 굳이 가는 이유가 어디 있을까? 부모님을 뵙는 것도 중요하지만 언제든 달려가면 어머니 품처럼 맞아주는 고향이 거기 있기 때문이다. 고향에서 나는 냄새를 맡고 고향의 음식을 먹으면 마음의 안정을 얻는다. 조상의 산소를 둘러보고 길 떠날 때 부모님께서 바리바리 싸주시는 고향의 보따리도 도시 생활에서 버틸 수 있는 큰 힘이다.

하루가 다르게 변해가고 있는 나라에 사는 사람들이 받는 스트레스의 강도는 엄청나다고 한다. 우리가 사는 이 땅은 자고 나면 길이 넓어지고 건물이 솟아오르고 있다. 자동차나 통신망뿐 아니라 모든 것에 속도 경쟁이 붙었다. 광고에서 "빠름빠름" 하고 노래를 하지만, 우리는 그것을 따라잡을 마음의 준비를 미처 하기도 전에 속도의 흐름에 휩쓸리고 만다. 그 많은 변화를 단기간에 온몸으로 받아들이니 스트레스의 강도가 높을 수밖에 없다. 우리나라 성인 일곱 명 가운데 한 명꼴로 평생 한 번은 정신질환을 앓는다고 한다. 빨리 변화하는 사회에 사는 것이 원인이다.

몇십 년이 지나도 변함없이 남아 있는 것들이 많았으면 좋겠다. 옛것을 버리고 새것을 취하기보다 옛것을 지혜롭게 보존하면서 현대와 공존했으면 좋겠다.

착한 구름이 나에게

커졌다. 작아졌다. 제 마음대로 움직이는 저것. 저것을 보면 마음이 둥글어진다. 부드러워진다. 밝아진다. 환해진다. 그리움이 뭉게뭉게 피어난다. 폭신한 솜이불 같다. 구름 이불 덮고 자고 싶다. 사랑을 하는 것이 저럴까. '포근한 엄마 품이 저럴까'로 생각이 뻗어나가다가. '이건 퇴행이야'라며 생각의 꼬리를 잘라버린다.

구름이 가다가 내 방을 들여다보고 할 말이 있다는 듯 전해줄 안부가 있다는 듯 그러나 난 너무 바빠서 아니 무심해서 알지 못했어. 귀찮아 커튼도 열지 않았으니까. 그런데 구름은 오래 그 자리에서 내가 올 때까지 기다렸나 봐. 구름은 나무가 되어보기로 했나 봐. 해가 뜨고 바람이 불어도 오랫동안 한 그루 나무처럼 아무런 노여움도 없이 회한도 없이 가만히 서 있어볼 작정이었나 봐.

구름 주머니가 터져 비가 꼬물꼬물 꼬리를 물고 내려온다. 비가 오면 비 냄새 맡고 오는지 고물고물 기어 나오는 지렁이. 지렁이는

어디에서 오나. 빗줄기 따라 툭 떨어지나. 비 오면 왔다가 비 그치
고 햇살에 꾸물꾸물 제 몸으로 길을 만들며 간다. 지렁이는 제가 왔
던 길을 못 찾아 저렇게 버둥거리다 꾸덕꾸덕 말라간다. 결국 맨땅
에서 허덕대기 일쑤다. 누구 닮았다.

12월을 보내며

가을은 멀어지고 겨울이 가까이 와 있다. 저만큼 가고 있는 가을의 꼬리를 붙잡고 싶다. 아마 12월을 보내려니 아쉬움이 남아서인가 보다.

국내외로 많은 사건들이 있었다. 그 사건들을 역사 속으로 묻어버리고 12월도 저물어가겠지. 노루 꼬리만큼 남은 가을을 덕수궁 안에서 잠시 붙잡아보았다. 덕수궁 정원에는 은행나무에서 떨어진 은행잎들이 수북이 깔려 있었다. 노란빛이 어두침침한 하늘을 되비춰주고 있었다. 은행잎들이 제각각 빚어내는 빛은 아름다웠다. 사람들이 각자 다른 모습이듯 나는 은행잎에 취해 나무처럼 한참을 노란 카펫 위에 서 있었다.

겨울은 영혼의 달이고 텅 비어 투명한 달이고 밑바닥까지 다 보이는 달이다. 잎 다 떨어뜨린 나무처럼 다 비워내고 자신의 내면을 들여다보게 하는 달이기도 하다. 겨울은 너무 투명해서 가난한 이에게는 고통스런 계절이다. 짐승들에게도 시련의 계절이다. 기온이 내려가면서 차가운 바람까지 불어오니 옷깃을 여미게 된다. 이제 곧 북쪽에서 동장군이 밀려오겠지.

젊은 시절에는 앞만 보고 가느라 옆을 돌아보지 못했다. 나이를 먹어서인지 주변도 돌아보고 뒷골목 풍경에도 눈이 간다. 동네 뒷골목을 걸어 세탁소며 마트며 우체국에도 종종 갈 때면 마주치는 사람들이 있다. 허리가 기역자로 구부러진 할머니들이 유모차나 리어카를 끌고 가는 모습이다. 그 할머니들은 폐지를 주워 모아 싣고 간다. 푹푹 찌는 한여름에는 저 할머니들이 더위에 어떻게 지내시나? 밥은 제때에 드시나? 맘 편히 누울 방 한 칸은 있으신가? 아픈 몸을 지탱할 약은 드시는가? 뭐 이런 생각을 하며 그 할머니의 곁을 지나간다. 겨울이 되니 저 할머니들 어떻게 지내시나? 연탄은 들여 놓으셨나? 전기장판은 있으신가? 하고 또 염려가 된다.

이 시대에 가장 관심을 가지고 보아야 할 문제 중에 하나가 노인 문제인 것 같다. 우리는 지금 고령화사회에서 고령사회로 접어들고 있다. 은퇴하면서 저소득층으로 나앉게 되어 삶의 질이 저하되고 있다고 한다. 노년의 삶은 죽음을 앞둔 슬픈 삶이 아니라 죽음을 받아들여 기쁨의 삶이 되도록 해야 하지만 현실의 삶은 그런 것을 생각할 겨를이 없다.

미래의 우리의 평균 수명은 연장되어 90~100세를 바라본다고 한다. 백세 시대가 도래함으로써 고령은 점점 늘어날 것이다. 그 원인이 의학의 발달에 있든, 생활 수준의 향상에 있든, 출산율 저하에 따른 것이든 심각한 사회 문제가 되고 있다. 역설적으로 수명이 늘어난 반면에 삶의 질은 떨어져 인생의 마지막에 질고로 고통당하는 세월이 더 늘어났다는 것이다.

근현대미술전에서 나는 김환기의 〈어디서 무엇이 되어 다시 만나랴〉라는 작품을 보았다. 청남색 바탕에 네모난 구멍이 많이 그려진 작품이다. 창문 같기도 하고, 한 사람 한 사람이 자기 방에 들어앉은 것 같기도 한 그림 앞에서 가슴이 먹먹해졌다. 내가 살아오면서 만난 많은 사람들이 네모 칸 속에 한 사람씩 들어앉아 있는 것 같았다. 그들은 지금 어디서 어떤 삶을 살고 있는지? 언젠가 다시 만나게 될지?

아쉬움이 많고 생각이 많은 12월이 가기 전에 해야 할 일이 생각났다. 먼저 구세군 자선냄비를 찾아 나서는 일이고, 전나무 가지에 소복이 눈 쌓인 카드 몇 장을 사서 고마운 분들에게, 그리고 궁금했던 친구에게 카드를 보내는 일이다.

골목 풍경

사람들은 유년 시절의 꿈을 간직하고 있다. 향수만큼이나 유년의 기억들은 우리를 그리움 속으로 데려가곤 한다. 젊어서는 미래에 대한 꿈을 먹고 살다가 나이가 들어감에 따라서 유년의 꿈을 조금씩 꺼내어 음미하며 되새기며 살아가는지도 모른다.

유년의 골목 안 풍경이 나에겐 특별한 의미를 가지고 있다. 골목의 작은 세계에 몰입하면 신비한 동화 속으로 들어가는 기분이다. 이른 새벽 골목 어귀에서 들려오던 두부장수의 종소리, 한낮 엿장수의 가위 소리, 굴뚝 청소부의 꽹과리 소리가 아련하다. 정겨운 동네 골목 풍경들 그리고 사람들.

일상적인 일의 매너리즘에 빠져 앞이 막막할 때가 있다. 그럴 때면 나는 가만히 내 속에 잠자고 있는 유년의 골목길을 더듬어본다. 그 유년의 골목길을 찾아 들어가면 거기 어린 내가 나지막하게 다닥다닥 붙은 기와집이 늘어선 골목에서 땅따먹기하며 놀고 있다.

여름의 긴긴 해가 어스름할 때까지 골목골목을 돌며 술래잡기하던 기억도 난다.

지금 어느 곳에서도 예전의 그 모습을 찾을 수 없어 나는 저만큼 밀려나 있는 것 같다. 이러한 골목의 추억은 시적 몽상의 세계로 나를 종종 이끌고 간다. 그래서인지 여행을 가면 낯선 골목길을 요리조리 걸어보곤 한다.

현대화에 밀려 사라지는 골목길. 인정과 훈훈한 이야기가 있는 골목이 아파트로 메워지고 있다. 아침잠 깨우던 두부장수의 종소리가 아련하다.

자화상

자연의 질서는 인간 세상의 질서 그 이상이다. 지구는 인간들만이 존재하는 곳이 아니다.

모든 동식물은 지구에서 숨 쉬며 살아갈 권리가 있다.

비록 하찮은 잡초일지라도 발 뻗고 머리 두고 살 곳이 있기 마련이다.

머리카락

    욕조의 물이 잘 빠지지 않는다. 머리카락이 거름망에 검게 엉켜 있다. 스르르 흘러내린 저것은 샤워기의 물처럼 어깨에 내려앉았다가 가볍게 바닥으로 떨어졌을 것이다. 미끄러지듯 흘러내렸을 것이다. 저것이 한때는 내 머리에 뿌리를 두고 바람에 흩날리기도 했으리라. 이마로 흘러 내려온 머릿결을 손으로 쓸어 올리기도 했으리라. 한 올의 머리카락으로도 사람의 내력을 알 수 있다는데, 바닥에 떨어져 있는 저것이 나를 읽어낼 수 있다는데. 저 한낱 머리카락이, 동글동글 말린 검은 뭉치, 슬픔 덩어리가 슬픔을 토해놓은 듯 울컥 무엇이 치밀어 오른다. 몸을 돌리자 머리카락이 또 바닥에 흘러내린다.

산과 인간관계

차창 너머로 보면 큰 산들이 저만큼 떨어져 있지만 지척에 있는 느낌이다. 차의 속도만큼 풍경들도 따라서 움직이고 산이 가까이 오라고 손짓하는 것만 같다. 산은 멀리서 보면 가볍게 오를 수 있을 것 같아 만만하게 다가가게 된다. 산을 향해 가다 보면 그 길은 생각했던 것보다도 아득하고 힘들어 다가서도 다가서도 뒷걸음질치는 것처럼 느껴진다.

한 마장쯤 되는 거리에 서야 비로소 산은 제 모습을 보여준다. 우람하고 거대한 산자락과 우거진 숲이 한눈에 들어온다. 하지만 산 발치에 이르면 산도 숲도 보이지 않고 나무와 돌덩이, 잡풀들만 눈앞을 막는다. 산에 오르지 못하고 되돌아서면 비로소 산은 나를 따라 내려온다. 내가 달리면 산도 달려오고, 천천히 걸으면 천천히 따라온다. 그러나 내가 멈추어 서면 산도 그 자리에 그냥 선다.

산과 나의 관계에서 문득 우리들 인간관계를 생각해보게 된다.

산을 오를 때 성급하게 서두르면 돌부리에 채여 넘어지기 일쑤이고 정상에 닿지 못하고 주저앉기 십상이다. 실족하면 등반 사고를 당한다. 준비를 하고 조심스럽게 다가가야 한다.

우리는 사람들과 만날 때 얼마나 마음의 준비를 하고 만나는가. 아무 준비 없이 성급하게 다가가기 때문에 얼굴을 돌려버리고, 등을 보이며 가버리고, 쉽게 실망하기도 한다. 사람들과의 관계도 마찬가지다. 친하다고 허물없이 다가가면 부분만 보게 된다, 전체를 보려고 물러서면 마음의 벽이 높아져 가까워질 수가 없다. 나무들처럼 얼마간 간격을 두고 서로 바라보아야 되나 보다.

스승의 자세

우리는 살아가면서 많은 스승을 만난다. 어떤 스승을 만나는가가 참으로 중요하다. 누구를 만나느냐에 따라 삶의 길이 바뀌고 삶의 질이 달라지기 때문이다. 요즈음은 선생은 지식을 전달하는 것으로 그 소임을 다했다고 여긴다.

대부분의 부모들도 올바른 삶의 가치관을 심어주기보다 지식을 머릿속에 넣어주는 것에만 관심을 갖고 있다. 아이들을 학원이다 보충수업이다 해서 집에 머무는 시간을 줄이고 밖으로만 내돌린다. 그러다 보니 집에서 부모와 함께 대화하고 식사하는 시간을 가지기 어렵다. 부모들은 자녀들이 무슨 생각을 하는지보다 성적에만 관심 갖게 되니 아이들은 마음을 기댈 곳이 없다.

『탈무드』를 보면 유대인들은 지혜는 가르쳐서 되는 것이 아니기에 터득하는 방법을 일깨워주었다고 한다. "지혜는 멀리 있는 것이 아니다. 손으로 잡을 수 없고, 눈에 보이지 않기에 마음의 눈으로 보아야 한다"고 말한다. 잘 볼 줄 아는 눈을 키워주는 것이 중요하다. 잘 본다는 것은 사물을 정확히 판단하고 분별할 줄 아는 것을 말한다. 잘 볼 줄 아는 눈을 키워주는 것도 스승이자 부모가 해야할 일이다.

훌륭한 선생은 많은 지식을 가진 사람보다 배우고자 하는 학생에게 자신감을 심어주는 사람이라 생각한다. "평범한 선생님은 말을하고, 좋은 선생님은 설명을 하며, 뛰어난 선생님은 몸소 보여주고, 위대한 선생님은 영감을 준다"고 미국의 작가인 윌리엄 워드는 말했다.

창조성에 중점을 두고 있는 이 시대에는 스승의 상도 변해야 하는 것 같다. 우리 사회는 수직적 질서와 집단을 소중히 여기는 경직된 문화에 젖어 있어서 개인의 재능과 다양성을 인정하기란 쉽지 않다. 다양성이 낮으면 창조성도 낮아진다. 모난 돌이 정 맞는다는 말이 있지만 모난 돌이라도 보듬어주면 어떨까. 그 돌의 쓰임새를 생각해보면 어떨까. 선생님이나 부모님은 아이들의 말을 좀 더 귀담아들어주면 어떨까. 예전에 홍인대사가 혜능을 후계자로 인정하고 달마선법을 전수해 승단을 이끌어가게 한 것에서도 스승의 한 면모를 볼 수 있다. 글자도 모르는 혜능을 택해 선법을 전한 뒤 수년간 숨어 모습을 드러내지 말라고 일렀다. 홍인대사는 오직 불성 하나만을 보았던 것이다.

이 세상을 살아가는 데 인생에 좌표가 될 스승을 한 분 가져보라권하고 싶다. 스승을 꼭 현존해 있는 사람에서 찾을 필요는 없다.

마음의 스승을 가져보자. 옛 선인이나 존경하는 인물을 마음속의 좌표로 놓고 그를 닮으려 하는 자세를 가져보는 거다. 예수님, 부처님에서부터 작가나 화가, 음악가를 스승으로 삼아 삶의 목표를 세워보는 것도 한 방법이다. 레오나르도 다빈치는 "거울은 나의 스승"이라 했다. 다빈치는 거울에 비친 자신의 모습에서 진실의 반영과 소망의 투영을 읽어낸 것이다. 그것은 대단한 발견이다.

스승은 올곧아야 된다고 생각한다. '올'이란 여인네들이 물레에서 실을 잣을 때 실의 굵기를 일정하게 뽑아내는 데서 나온 말이다. 초보자가 일정한 굵기로 실을 뽑아내기란 여간 어려운 게 아니다. 스승은 학생들을 대할 때 특히 편견 없이 공정해야 한다. 선생님의 말 한마디가 학생들 미래의 삶에 미치는 영향력은 대단하다.

가르치는 자리에 있는 사람은 특히 세상을 바라보는 시선이나 삶의 잣대가 평형을 유지해야 한다. 좋은 스승이라면 특별한 가르침도 중요하지만 배우고자 하는 이들의 자존감을 찾게 도와주고 자질과 영감을 일깨워주는 사람이 아닐까.

참말

글을 보면 그 사람을 알 수 있다. 글은 그 사람의 인격과 품위, 생각까지도 담아낸다. 또한 말에서도 그 사람을 알 수 있다. 말이 씨가 된다는 속담이 있다. 한자로 농가성진(弄假成眞)이라고 한다. 뜻 없이 한 말이 말한 그대로 정말 이루어진다는 뜻이다. 그래서 옛사람들은 말 속에 정령이 숨어 있다면서, 말을 함부로 해서는 안 된다고 했다.

뒤늦게 공부를 할 때다. '아버님' 하고 부르려는데 '선' 자가 먼저 나와서 돌아서서 웃었다. 급기야 남편을 부를 때도 '선' 자가 튀어나왔다. 듣는 사람은 몰라도 나는 안다. '이크, 내 입에 선생님라는 말이 붙어버렸구나.' 이렇듯 우리가 생각하고, 염두에 두고 있는 것이 자신도 모르게 입에서 튀어나온다. 무심히 하는 말 속에 자신이 품은 생각이 다 드러나게 된다.

우리나라에서는 술김에 한 말이나 행동은 술 탓으로 돌리며 관대하게 봐주는 경우가 있다. 그러나 술김에 한 말은 실수가 아니라 무의식에서 나오는 말이다. 보통 때는 자기 통제와 검열을 하다가 술로 인해 취기가 오르면서 자기 검열이 해제된다. 그 순간 자기 자신이 생각지도 못했던 말이 튀어나오게 되는 것이다. 그 말 속에는 진실이 숨어 있다. 본인이 그런 생각을 하지 않았다면 그 순간 그 말이 나오지 않았을 거다. 진실은 숨길 수 없다. 무방비 상태에서 자기도 모르게 나오니까. 혼자 중얼거리는 말에도 이런 실수가 종종 있다. 혼자 하는 말에 진실이 담겨 있는 경우가 있다. 지혜로운 옛 어른들은 낮말은 새가 듣고 밤 말은 쥐가 듣는다며 입단속을 시켰다. 극한 상황에서도 말의 도(道)를 지킬 줄 아는 사람이 되라고 했다.

사람을 측정하는 두 가지 지수에 지능지수와 윤리지수가 있다. 이 시대에는 지능지수보다 윤리지수에 관심을 가져야 한다. 1971년 노벨 물리학상을 받은 영국의 물리학자 데니스 가보르가 「성숙 사회」에서 윤리지수라는 개념을 처음 도입하였다. 윤리지수가 130을 넘으면 이웃을 돌보며 희생과 봉사하고, 110~130이면 사회적으로 모범적이라 나무랄 데 없는 생활을 하고, 100~110이면 좋은 환경에서는 책임 있는 행동을 하고, 90~100이 되면 바람직하게 행동할 때도 있고 그렇지 못할 때도 있다. 80~90이 되면 다른 사람의 감독과 감시가 있을 때에는 제법 잘 하는 척하다가 지켜보는 사람이 없으면 나쁜 짓을 한다. 70~80이 되면 인간의 어두운 면이 표면화되고 범죄적인 면이 드러나고, 70 이하로 떨어지면 파괴적이고 상습적인 범죄자가 된다는 연구 결과를 내놓았다.

지나가다 학생들의 대화 내용을 듣고 놀랐다. 욕설이 반이었다. 저 아이들이 욕의 본뜻을 알고 말하는지. 욕설을 뱉고 나면 쾌감을 느낀다고 한다. 욕에는 특히 성적인 의미가 붙어 있어서 욕을 하는 사람은 더욱 쾌감을 얻게 된다. 평소에는 성적인 말들이 금기시 되어 있는데 욕을 하면서 그 말을 내뱉을 수 있기 때문이다. 욕은 전염성이 아주 강하다. 욕을 발설해 타자에게 넘겨줌으로써 자신도 쾌감을 맛본다. 욕은 욕을 낳는다. 말과 행동을 가려서 할 줄 아는 습관을 길러야겠다. 글이 곧 그 사람을 나타내듯이 말도 그 사람을 나타내니까. 말에서도 그 사람의 생각과 인격과 삶의 여정을 엿볼 수 있다. 말에도 도가 있어 해야 할 말과 하지 말아야 할 말이 있다. 따뜻한 말 한마디가 꽁꽁 언 마음을 녹인다.

책과의 씨름

이사를 했다. 이사를 할 때면 이것저것 챙길 것도 많고 신경써야할 것도 많지만 글쟁이에게 가장 큰 문제는 책이다. 나날이 늘어만가는 책이 가장 큰 이삿짐이다. 이삿짐 센터 아저씨도 이사 비용 견적을 내려고 방문해서 "아 책밖에 없네요. 책은 무거운데요" 하며반기지 않았다.

나에게는 학창 시절 작은 꿈이 있었다. 사방이 책으로 꾸며진 서재를 갖고 싶었다. 그 소원은 쉬 이루어지지 않았는데, 내가 글을쓰면서 골방 하나를 차지할 수 있었다. 그러나 골방에 책이 넘쳐나니 점점 큰 방을 차지할 수밖에 없었다. 책꽂이에 들여놓지 못한 책들은 바닥에 두기 마련이다. 얼마 안 가 방바닥 여기저기 책이 쌓여간다. 집안 식구들의 따가운 눈총을 견뎌야 한다. 남편은 "어이구,이 방은 쓰레기통이네" 한다. 그렇게 사방 책으로 꾸며진 방을 원했건만 쌓아놓은 책들이 발에 차이고 쏟아져 발등을 찧기도 한다.

평소에 정리하려고 책을 들고 앉으면 이 책도 저 책도 버릴 수 없어 도로 책을 주섬주섬 쌓아놓는다. 요즈음은 도서관에서도 기증도서를 잘 받지 않는다. 그래서 퇴직하시는 교수님들도 책이 문제라고 한다. 하루에도 수없이 출판되어 쏟아지는 책 때문에 대학교 도서관들도 책을 보관할 서고가 부족해 10년이 넘는 책들은 학생들에게 무료로 나누어주기도 하고 가져가지 않은 책들은 폐기처분한다고 한다.

한 권 한 권 사들인 책들을 쓰레기 분리수거장에 가서 버리려고 하면 손이 오그라들고 만다. 버리러 갔다가 어떨 때는 남이 버린 책까지 주워가지고 올 때도 있다. 그러나 책을 내다 버리려고 하면 내 책도 누군가가 이렇게 버리겠구나 싶어서 함부로 버릴 수 없다. 그래서 끌어안고 참을 만큼 참고 버티다가 이번에 이사를 빌미로 과감하게 정리를 했다.

아파트에 책을 둘 곳이 만만치 않아서다. 포개놓기도 하고 책꽂이에 책을 이중으로 꽂아놓기도 하지만 턱없이 부족하다. 이제 책을 사지 말아야지 하면서도 신간 서적이 나오면 책을 주문한다. 책을 보관하는 것에도 변화가 있어야 할 것 같다. 책을 읽고 쌓아두는 것이 아니라 필요한 부분만 발췌해서 보관해야겠다. 또 책을 읽고 다른 이에게 주어 돌려보는 것이다. 책도 순환하고 재생해야 한다.

일본의 오카자키 다케시라는 장서가가 『장서의 괴로움』이란 책을 냈다. 장서를 관리하는 방법, 장서가의 즐거움과 남 모르는 고충을 써내려갔다. 고사성어에 한우충동(汗牛充棟)이란 말이 있다. 책을 가득 실은 수레를 끄는 소가 땀을 흘리고, 집의 대들보까지 책으로 가득한 것을 이른 말이다. 풀어보면 책이 많아 쌓아두지만 쓸모없는 책이 많다는 의미다. 내 서재에 꽂혀 있는 많은 책 중에 쓸모 있는 책은 몇 권이나 될까? 먼지가 쌓이고 색이 바래 누런 책을 펼치면 책벌레가 꼬물거리고 기어다니는 걸 볼 때도 있다. 인쇄물에서 나오는 약품 냄새가 호흡기를 자극해 잔기침이 날 때도 있다. 미래의 에너지이고 영원한 꿈인 책이 이렇게 골칫거리가 될 줄은 몰랐다. 그래도 나는 책이 좋다. 책 속에 파묻혀 살고 싶다.

깊어가는 가을 은행잎이 뚝뚝 떨어지는데 시린 가슴을 안고 만날 친구가 별로 없다. 비 오는 날 질척거리는 마음을 달래줄 친구도 별로 없다. 허전한 마음에 책을 펴 들고 있으면 마음에 온기가 차오른다. 책은 나를 다스리는 최선의 효과를 가져다준다. 집 안의 책은 내가 바라보고 불러내주어야 책으로서의 본분을 다하지만 책꽂이에 꽂아두고 바라보지 않으면 먼지 덮어쓰고 놓여 있는 사물일 뿐이다. 독서삼여(讀書三餘)란 책 읽기 좋은 때를 이르는데 겨울에, 밤에 그리고 비 오는 날이다.

자화상

모임에서 사람을 많이 만나고 돌아온 날은 내 속에 물웅덩이가 몇 개씩 생긴다. 물웅덩이에 하늘도 구름도 물풀도 떠다니고 간간이 장구벌레가 헤엄쳐 다닌다. 영혼은 자기가 있을 곳을 안다. 허투로 다니지 않는다. 들어앉을 곳을 정하면 더 이상 욕심내지 않는다.

풀과 삶

추석 전에 벌초를 하러 산소에 가보았다. 풀이 지천이다. 풀은 어디서나 뿌리를 내리며 빠른 속도로 번져나간다. 뽑고 베어내도 풀이 자라는 속도를 따라잡질 못하니 농부들은 불청객인 풀과의 전쟁에 진저리를 친다.

예부터 풀의 강인한 생명력은 민초들의 삶을 대변하기에 그림이나 시의 소재가 되었다. 봄만 되면 심은 이 없어도 지천으로 돋아나는 풀을 보고 자연의 섭리를 말하고, 쉬이 사라고 가을 서리에 맥없이 져버리는 것에서 인생의 덧없음으로 비유하기도 했다. 그런데 풀 한 포기가 오염된 땅을 치료하고 지구를 들어 올린다고 노래한 시인이 있다. "사람들은 땅을 시멘트로 덮고 있지만, 그 틈새에서 풀은 지구를 우주궤도에 맞춰 파랗게 들어 올린다/우리가 때로 아픈 눈길 풀어놓는 곳/한 포기 우주의 풀인 별이 돋듯/풀이 자란다/한 포기 지구가 꽃핀다"고 배한봉 시인은 「때로 아픈 우리가」에서 풀을 노래했다.

시인은 땅에서 무수히 돋아나는 풀이 "땅의 상처를 치료하고 있다"하며, 검푸른 줄기를 뻗어나가는 풀의 생명력이 바로 지구의 아픈 땅을 치유해 살려내는 힘줄이라 한다. 시멘트를 덮고 아스팔트를 깔아도 금간 틈새로 풀들은 돋아난다. 시인은 저 밤하늘에 별이 돋듯 풀 한 포기도 그렇게 돋아난다고 보았으며, 풀 한 포기를 밤하늘의 별과 같은 동급으로 놓고 풀 한 포기에서 지구 한 포기로 시상(詩想)을 넓혀나갔다. 나도 여기저기 돋아난 풀이 지구를 파랗게 들어 올리고 별이 돋듯 풀이 자란다는 시인의 생각을 따라가 본다.

풀 한 포기가 지구를 들어 올린다고 하니 판야나무(스펑나무)의 씨앗이 탑이나 지붕에 내려앉아 싹을 틔우고 자라 탑을 꼭 끌어안고 있는 모습이 떠올랐다. 단단한 판야나무 뿌리는 사원을 파괴하는 동시에 건축물이 허물어지지 않도록 지탱하는 역할을 한다. 판야나무의 씨앗이 탑에 내려앉아 뿌리내리고, 나무가 자라면서 탑이 판야나무에 기대 있는 것처럼 보인다. 사암으로 된 탑이 무너지는 것을 판야나무가 뿌리로 감싸고 있기 때문이다. 판야나무가 없었다면 앙코르와트 유적지는 모래로 변해 그 흔적을 찾기 어려웠을 것이다.

풀은 생명력이 강해서 가는 실뿌리가 2미터나 뻗어나간다. 뿌리가 땅속을 파고들어 박테리아와 벌레들을 불러 모아 땅을 정화시키는 역할도 하지만 가는 실뿌리가 저수지의 둑을 무너뜨릴 수도 있다. 시멘트 건물 틈새를 비집고 자라는 풀이 점점 더 틈새를 넓혀가는 것처럼 말이다. 연약해 보이는 풀이지만 벽돌담이나 아스팔트 틈을 뚫고 오른다. 사람들이 지구에 저질러놓은 수많은 시멘트 벽이나 벽돌담 쓰레기를 풀들이 정화시켜줄지도 모르겠다.

우리의 삶에도 이따금 청하지 않은 불청객이 찾아온다. 그것은 밟아도 다시 일어서는 풀처럼 우리의 삶을 꿋꿋하게 지탱하게 하는 힘이다. 들판의 풀도 농부에게는 불청객이지만 지구가 풀로 인해 치유받고 지구가 한 포기의 꽃으로 피어날 수 있으니, 한갓 이름 없는 풀도 소중하다. 꽃이라고 여기고 너를 바라보면 내가 꽃이 되고 네가 풀이라고 여기면 내가 풀이 된다는 말이 떠오른다.

지구상에서 멸종되거나 멸종 위기에 처한 생명체가 속출하는 것은 인간도 지구상에서 언젠가는 멸종하게 된다는 증거이리라. 자연의 질서는 인간 세상의 질서 그 이상이다. 지구는 인간들만이 존재하는 곳이 아니다. 모든 동식물은 지구에서 숨 쉬며 살아갈 권리가 있다. 비록 하찮은 잡초일지라도 발 뻗고 머리 두고 살 곳이 있기 마련이다.

종이책 예찬

길고 긴 지난겨울은 혹독하게 추웠다. 노한 동장군이 문 앞에 턱 버티고 있어 영영 봄이 오지 않을 줄 알았다. 봄은 베란다에 먼저 와 작은 화분 속 다육식물들이 분홍 꽃을 피우기 시작했다. 봄소식과 함께 마음을 환하게 하는 '종이책 종말론'이 틀렸다는 기사가 눈에 들어왔다. 종이책을 좋아하는 내가 책 냄새와 종이의 질감을 계속 즐길 수 있다니 다행이라 여겼다.

몇 년 전부터 '문학의 위기론'이 흘러나오면서 종이책의 종말에 대한 말들도 쏟아져 나왔다. 문학판이나 출판계가 술렁이면서 작가들을 위축시켰다. 출판사들이 잘 팔리는 책, 베스트셀러 만들기에 관심을 쏟으니 작가들의 입지는 더 좁아질 수밖에 없었다. 사실 인쇄문화가 예전처럼 강력한 권위를 발휘할 수 없게 되었다. 인쇄매체를 통하지 않고서도 얼마든지 작품을 발표할 수 있고 읽을 수 있기 때문이다. 문학 웹진의 다양화와 인터넷 카페나 블로그에서 형식에 구애 없이 자신의 글을 올릴 수 있는 기회가 허다하다.

이런 현상을 미국의 문학평론가 로버트 스콜스는 "나는 쓴다, 고로 나는 존재한다"라고 데카르트의 말 "나는 생각한다, 고로 존재한다"를 인용해서 말했다. 현대인은 생각하는 것으로 자기 존재를 확인하는 것이 아니라 글을 쓰는 것으로 자기의 존재를 확인하려고 한다는 것이다. 인터넷에 의한 문학의 저변 확대로 인해 만인이 문학 생산자가 됨으로써 인쇄문화는 양적 질적으로 발전해왔지만 반면에 양서들이 베스트셀러에 가려지는 경우가 있다.

종이책의 종말에 대한 견해는 전자책의 특성을 잘못 이해한 데 있다. 전자책 단말기 '킨들(Kindle)'이 선보이자 사람들은 책의 디지털화가 대세로 자리 잡을 것이라고 예상했다. 도서관의 자료들도 디지털화 작업을 하고 있어 수년 내에 종이책이 사라질 것이라는 전망이 나오기도 했다. 그러나 전자책의 매출이 둔화되고 있다고 한다. 전자책이 종이책을 대체하는 것이 아니라 오디오북과 같은 다른 형태의 책 읽기 방식을 보완하는 역할을 할 것이다. 전자책은 로맨스 소설이나 스릴러물 같은 가벼운 내용이 적합하다.

책 외에도 종이신문을 보는 사람이 텔레비전이나 라디오, 인터넷 뉴스 이용자보다 사회적 지식이 풍부하다는 보도도 있었다. 단편적으로 인터넷 뉴스를 접하는 것에 비해, 종이신문 구독자는 연구와 분석을 토대로 한 양질의 기사를 꾸준히 접하기에 사회생활에 유용한 상식과 지식이 뛰어나다. 인터넷을 이용하는 것보다 종이신문의 인쇄된 활자를 읽는 것이 정보에 대한 인지도를 높인다. 인간은 이미지로 기억하기 때문이다. 종이신문에 봄을 입히는 소식이다. 내일이면 새 학년 새 학기가 시작되는 3월이다. 선생님들께서 학생들에게 책을 사보라 하신 것도 그런 연유에서다. 또 지식과 상식이 풍부해지려면 어린 시절부터 종이책과 종이신문을 가까이하는 습관을 기르는 게 좋다.

나는 첫 시집이 내 손에 들어왔을 때 인쇄된 활자의 매력과 위력에 놀랐다. 책이 주는 권위와 신뢰를 덤으로 얻었다. 종이책은 인류가 만들어낸 기술 중에 최고로 유용한 것 중의 하나이며, 우리의 삶에 확고히 자리 잡은 필수불가결한 요소다. 새로운 이미지와 상상력은 여전히 책을 통해 얻을 수 있기에 책은 생명의 문서이자 우주다. 전자책의 등장으로 종이책은 위기에 봉착했다. 하지만 종이책 애호가들은 바이러스에 데이터가 지워질까 걱정할 필요 없고 건전지가 소모될까 염려하지 않아도 된다.

진정 책의 진가를 아는 사람은 밑줄을 긋고 읽던 페이지를 접어놓고 눈 감고 사색을 하며 보고 또 보아야 하기에 손에 잡히는 종이책을 선호한다. 봄이 우리에게 희망을 안겨주듯 책은 미래의 에너지이고 영원한 꿈이다.

종이책 예찬

글쓰기

나는 텅 빈 화면을 바라보며 첫 문장을 기다린다. 첫 문장에 어떤 문구가 오느냐에 따라 글의 흐름이 달라진다. 어느 길로 가느냐는 내딛는 첫걸음에 달려 있기 때문이다. 프루스트의 시「가지 않은 길」에서처럼 어느 길로 가느냐에 따라 생각지도 않은 다른 인생을 살아낼 수도 있다. 그래 첫 문장은 신이 내려준 은총이고 영감이라고 했나 보다. 첫 문장에 따라 생각지도 않은 길로 갈 수 있기 때문이다. 영감이란 다른 게 아니라 언어의 소리에 복종하는 것이다. 그것은 무의식, 계시, 우연 등 어떤 것으로 오든지 간에 그것은 항상 타자의 목소리다. 글의 처음과 끝, 그리고 중간 부분에서 내 의식이 지각하는 부분이 없지 않지만 그것이 내 의지에 종속된다는 느낌도 없지 않다. 하지만 그것들은 이미 이 세계에 존재했던 것들이다. 난 그것을 찾아내는 것뿐이다.

나는 글을 쓰기까지 시간이 좀 걸린다. 준비 단계를 거쳐야 한다.

우선 책상에 쌓인 책을 정리하고 먼지를 닦아내고 커피 한 잔을 마시고 흰 종이와 대면한다. 그것은 전에 학창 시절 공부하기 위해 곧잘 책상을 정리하고 연필을 깎고 모든 준비를 완료하고 책을 펼쳤던 것과 같다. 막상 정리를 다 하고 나면 졸음이 쏟아져 그냥 자버린 적이 더 많다. 그렇듯 준비 단계가 길어지면 시작하기도 전에 지쳐버리고 만다. 지금도 종종 그런 때가 있다. 그건 아마도 글쓰기가 두려워 뭉그적거리며 준비 단계에 시간을 다 소진해버리고 마는 건 아닌지 모르겠다.

글을 씀으로써 나는 자신을 들여다본다. 나를 감추고, 나의 무의식적 검열에 의해 어떻게든 피해가려고 무던히도 애쓰지만 결국 한 단어, 한 문장에 자신의 속마음을 들키고 만다. 글은 자기를 숨기려고 하면 할수록 자기를 더 드러내게 된다. 글쓰기는 자기 내면과 만나게 되고, 내면의 어린아이와 만나게 된다. 불안과 공포와 두려움과 우울 속에서 눈만 빼꼼히 내밀고 있는 어린아이와 대면하는 순간이다. 글쓰기는 그 어린아이를 보듬고 쓰다듬어 아이답게 하는 것이다. 글쓰기는 유년의 나를 어르고 달래고 화해하는 과정이며 그 순간이 바로 상처 치유의 순간이다. 글을 쓰면서 나는 내 유년의 상처를 치유하고 글을 쓰면서 또 상처를 받는다. 그 상처는 내 욕심으로 인해 만들어진 상처다. 글쓰기를 통해 상처를 치유하는가 하면 그로 인해 상처를 받는 반복을 이어가고 있다. 보로메오의 매듭 같은 구조다.

행복 바이러스

이 세상에 행복 제작소가 있었으면 좋겠다. 다량의 행복 바이러스를 주변 사람들에게 퍼뜨렸으면 좋겠다. 새 정부는 행복 제작소를 설립하려는가? 대통령은 취임식에서 온 국민의 행복을 강조했다. 우리 사회는 언제부터인가 행복이 인생의 목표가 되어버렸다. 생의 목표가 되어버린 행복은 가까이 다가갈수록 소처럼 자꾸 뒷걸음친다.

학창 시절 중얼거리던 칼 부세의 「산 너머 저쪽」이라는 시가 떠오른다.

산 너머 저쪽 하늘 멀리
행복이 있다고 말들 하기에
아, 남을 따라 행복을 찾아갔다가
눈물만 머금고 되돌아왔네

산 너머 저쪽 하늘 더 멀리

행복이 있다고 말들 하지만.

행복은 목표로 정해야 할 만큼 멀리 있는 게 아니다. 남이 나를 행복하게 해주는 것도 아니다. 행복은 내면적이고 정신적인 것이다. 행복은 스스로 만들어가야지 어떤 대상이 있어 찾아 나설 수 있는 것이 아니다. 벽돌처럼 찍어내어 똑같이 나누어줄 수 있는 것은 더욱 아니다.

'행복' 하고 타이틀을 타이핑하는데 자꾸 행족이라는 글자로 오타가 났다. 사전에 없는 조어이지만 재미있는 의미를 가진 것 같아서 행족(行足)에 대해 생각해보았다. "어, 행복의 발자취가 행족이네" 하면서 흐뭇했던 행족(幸足)을 하나하나 써보았다.

좋은 사람을 만났을 때, 흘러나오는 음악에 가슴 뭉클할 때, 책 읽다가 좋은 구절을 발견할 때, 누군가가 오래전 일에 고맙다고 할 때, 누군가에게 도움을 주었을 때, 시 한 편을 탈고했을 때, 맛있는 음식을 먹을 때 등등 많은 일들이 실꾸리에서 실이 풀리듯이 줄줄 풀려나오고 있었다. 행복이란 일직선으로 이어지는 것이 아니다. 하루 종일 행복한 사람, 일주일 내내 행복한 사람이 있겠는가? 사람은 하루에도 칠팔천 번 생각이 바뀐다고 한다. 생각에 따라 마음의 변화가 오게 되니 몇 날 며칠 행복할 수는 없다. 행복은 순간순간 찾아온다.

사람마다 행복의 종류와 크기가 다르다. 행복은 작은 점들의 집합이라고 본다. 그래서 나는 행복을 회화의 기법인 점묘법에 비유해보았다. 점묘법은 무수한 점을 찍어서 명암을 나타낸다. 멀리서 보면 그것들이 한데 어우러져 보이게 하는 회화 기법이다. 수많은 점을 찍어 그림을 그렸다면 어떤 그림이 완성될까? 대부분의 사람들은 그림을 완성하기보다 미완성으로 남기게 될 것이다. 그것 자체로 하나의 작품이다. 글로 쓴다면 한 사람의 자서전이 된다. 허나 글 보다 그림이 더 잘 어울릴 것 같다. 글은 진솔하지만 아무래도 아름다운 글귀로 수식을 하기 때문이다.

한 사람이 일생 동안 행복했던 순간을 도화지에 점 찍으면 어떤 그림이 될까? 한 장의 도화지에 크고 작은 점들이 빼곡히 들어차 형태를 이루어낼까? 또 점들이 어우러져 어떤 빛깔을 내뿜을까? 색의 농담에 의해 바탕은 어떤 색을 띠며 어떤 모습이 드러날지 자못 궁금하다. 아름다운 빛깔은 바이러스처럼 주변에 행복의 기운을 전해줄 것이다.

우리는 종종 내가 하는 것은 당연하고 남이 무엇을 하면 그것에 대해 과도하게 폄하하는 옹졸함을 내보인다. 나 자신에게는 관대하면서 남에게는 너그럽지 못하다. 그 사람이 현재에 이르기 위해 얼마나 노력했는지 보다 과거의 그 사람으로 바라보는 경향이 있다. '내'가 잘났으면 '너'도 잘났다는 것을 인정해야 한다. 남을 인정해야 나도 인정을 받는다. 내가 변화하듯이 남도 변화하고 발전한다. 남과 비교하지 않고 나를 사랑할 때 비로소 진정한 행복을 맛볼 수 있다. 한 발 비켜서면 옆에 있는 행복이 보인다. 지금 벚꽃이 한창

이다. 환한 꽃그늘 밑을 지나가는 우리의 발걸음이 행복의 발자취
가 되었으면 좋겠다.

해일

해일이 밀려오는 바다는 커다란 한 마리의 짐승이 심호흡을 하는 것 같았다. 지진 피해 현장에서 살아남은 사람이 한 말이다. 바다가 숨을 쉰다. 한 호흡 내쉴 때마다 집채만 한 파도가 몰려와 집을 삼키고, 사람을 삼키고, 한 도시를 휩쓸고 갔다. 살아 있는 거대한 짐승이 배를 채우고 갔다. 또 언제 올지 모른다. 굶주리고 있다가 언제 어디서 나타날지 모른다

파도가 밀려오는 풍경만 보아도 해일이 밀려오는가 싶어 마음이 조마조마하다. 텔레비전 화면이지만 움찔하게 된다. 이런 증상은 다른 사람들도 그런가, 나만이 느끼는 걸까? 텔레비전은 전염성이 강하다. 두려움과 공포도 배가시킨다. 해일이란 말이 전에 입력되어 있던 말보다 더 크고 강하게 뇌리에 박혀버렸다. 처음에 그 뉴스와 장면을 보고는 무덤덤하게 스쳐 지나갔다. 같은 장면을 서너 번 보게 되니 눈에 잔상이 남는다.

일본 지진은 국가적인 차원을 넘어 전 세계에서 신경증을 유발시켰다. 이 시대를 살아가는 사람들이 공통적으로 느끼는 불안과 공포다. 우리나라 경주와 포항에 지진이 발생했다. 이제 우리나라도 지진에서 자유롭지 못하다. 충격이 오래갈 것 같다.

세상에서 가장 아름다운 도서관

세계적으로 유명한 도서관 하면 영국의 대영도서관, 미국의 뉴욕 공립도서관, 이탈리아의 바티칸 도서관, 멕시코의 바스콘셀로스 도서관, 독일의 슈투트가르트 시립도서관을 들 수 있다. 하지만 세상에서 가장 아름답고 가장 오래된 도서관의 칭호는 스위스의 생갈렌 수도원 부속 도서관에 붙는다.

여행할 때 생각지도 않은 곳에서 마음에 울림을 받게 되는 순간이 더러 있다. 생갈렌 도서관이 그랬다. 생갈렌 수도원 주변은 차 없는 거리여서 관광버스 기사는 주변을 두어 바퀴 돌아 차를 외곽에 세워주었다. 골목골목을 돌아 가는데 어느 건물 앞에는 바닥에 빨간 카펫을 깔아놓아서 과거와 현재를 이어주는 길목인 듯도 했다. 골목길은 구시가지로 불리는데 수백 년 묵은 건축물들이 들어서 있지만 복잡하지 않고 단아하다. 골목에 있는 건물들은 대부분 고풍스러운 바로크 양식이다. 주택에는 중세의 귀족과 부유한 상인이 재력과 개성을 과시하기 위해 발코니를 화려하게 장식했던 퇴창이 보존되어있다. 구시가지는 찬란했던 과거의 흔적이 곳곳에 남아 있어 보면서 걷기 좋다.

쌍둥이 첨탑이 우뚝 솟아 있는 곳이 생갈렌 수도원 지구다. 대성당을 중심으로 수도원과 도서관 정원이 있다. 중세의 모습이 남아 있는 조그만 도시 생갈렌. 이 마을의 이름이 알려진 것은 612년경 이곳으로 이주한 아일랜드 선교 수도사 갈루스(Gallus)가 이 지역에 문화와 가톨릭을 전파하게 되면서다. 생갈렌 수도원도 갈루스 수도사를 추모하기 위해 세워졌다.

도서관은 12프랑의 입장료를 내고 들어간다. 도서관 내부 촬영이 금지되어 있어 입장하면서 사물함에 카메라를 비롯해 휴대폰도 맡기고 신발 위에 덧신을 신어야 한다. 마룻바닥을 보호하기 위해 덧신을 신는 듯했다. 이 도서관에 들어서니 내부는 마치 해리 포터 영화 속 도서관을 실제로 옮겨놓은 듯해서 영화 속으로 들어온 것 같아 기분이 묘했다. 나무 바닥의 삐걱거리는 소리, 오래된 종이 냄새와 창으로 들어오는 햇살 그리고 수도사들이 직접 필사했다는 펼쳐진 성경책이 보였다. 그들이 책상에 앉아 성경을 필사했을 것을 상상하니 감동적이었다. 여길 오길 잘했구나. 작은 방이 커다란 감명을 안겨주었다. 입구에 희랍어로 '영혼의 약국'이라 현판이 붙어 있다더니만 정말 마음을 치유하는 도서관인 듯하다.

도서관 작은 방의 내부 천장은 바로크식의 화려한 벽화로 장식되어 있다. 책을 꽂은 책장은 장식이 화려하지만 네모반듯한 책장은 아니다. 방의 굴곡을 따라 책장을 만들었기 때문이다. 책을 만져 볼 수도 없고 펼쳐 읽어볼 수도 사진을 찍을 수도 없지만 오래된 책의 매캐한 냄새는 그 자체로 책의 숨결인 듯했다. 아름답고 역사적인 도서관을 두 눈으로 볼 수 있다는 것만으로도 흐뭇했다. 유럽에서 아름답고 가장 오래된 도서관이기에 1983년 유네스코 세계유산으로 지정되었다.

생갈렌은 8~18세기까지 수기로 작성된 필사본 포함 17만 권의 고서를 소장하고 있다. 도서관의 책들은 당시 수도원장이 모으던 장서들이다. 중세 시대의 중요한 보물인 사본은 매해 교체되어 전시된다. 책들은 대부분 필사를 한 것들인데 이 도서관이 세계에서 필사본을 가장 많이 소장하고 있다. 천 년의 세월이 담긴 400권의 책들, 2천 권이 넘는 필사본. 귀족과 왕을 위하여 화려한 장식으로 만든 책인 만큼 기품도 있으며 크기도 크고 무게도 꽤 나갈 거 같다. 당시의 화려한 문화를 보여주는 금장의 책들이 작은 도서관을 꽉 채우고 있어 분위기에 압도되고 만다. 책 한 권 한 권에 위엄과 경건함이 서려 있다.

이 수도원이 유명해진 것은 수도사들 때문이다. 그들은 라틴어 성경을 한 장 한 장 필사하며 금욕 생활을 했다. 책 한 권을 실수 없이 다 필사한다는 것은 대단히 어려운 일이다. 수도사들의 삶과 인생이 글자 한 자 한 자에 녹아 있을 것이다. 그들은 성경 필사에 온몸을 바쳤을 것이다. 그렇다고 성경 필사만 한 것은 아니라고 한다. 그들은 잡다한 일을 다 하면서도 필사를 병행했다고 한다. 한 권을 필사하는 데 1년이 걸렸다니 책이 귀할 수밖에 없다.

수도사 토마스 아캠피스는 일생 동안 라틴어 성경을 네 번 필사했는데 그의 필체가 얼마나 아름다운지 오늘날에도 보는 이들로 하여금 경탄을 자아내게 한다. 책상에 펼쳐놓은 책의 필체가 화려하다. 한 자도 흐트러짐 없는 인쇄한 듯한 필체도 보인다. 필사한 수도사들에 대해 아무것도 모르지만 필체를 보고 그들의 성격도 짐작할 수 있을 것 같았다.

수도원이 번성하게 된 것은 수도원이 중세에 유일한 교육기관이었기 때문이다. 그 시대의 수도원은 학문과 지식의 중심이었다. 당시 수도사나 일부 귀족을 제외하고 글을 읽는 사람이 드물었다. 귀족들은 자식들을 수도원에 보내 글을 가르칠 수밖에 없었다. 또한 생갈렌은 직물 관련 섬유산업이 번창함으로써 경제적으로 풍요로운 도시가 되었다. 14~20세기에 자수 제품과 레이스 등을 생산하면서 세계적인 관심을 끌었다. 섬유박물관으로 유명하다.

건물 지하에 있는 방을 둘러보고 도서관을 나오면서 아쉬웠다. 지하에 전시된 물건은 당시의 수집품들인데 옛 라틴어 로망슈어와 독일어로 표기되어 있었다. 라틴어와 독어에는 까막눈이어서 그냥 훑어보고 나올 수밖에 없었다. 지금도 내가 무엇을 보고 왔는지 기억이 가물거린다. 문자를 인식하고 그 뜻을 헤아린다는 것이 얼마나 중요한지 알았다. 기억은 우리의 뇌 속에 이미지와 문자로서 기록된다는 말이 와닿는 순간이었다.

모든 시는 상처다

우리가 누구를 지칭하는 순간, 대상으로서의 그는 없다. 말은 사물 자체가 아니기 때문이다. 우리는 지칭하는 말이 그 사물이라고 생각하기에 어머니라는 말 속에 어머니라는 대상을 담을 수 있다고 생각한다. 어머니라는 말을 껴안을 때 그 안에 어머니는 없다. 어머니를 껴안았다고 생각한 것은 환상이고 환각이다.

없는 공간, 비어 있는 공간이 욕망을 만든다. 이때 우리가 명명하여 말하는 순간 결핍이 나타난다. 사람을 부를 때도 그렇다. 이름을 부르면서 그것을 놓치고 만다. 말로 그 공간을 형용하기는 어렵다. 이것은 계속 말 바깥에 빈 공간으로 남아 있기 때문이다. 우리는 비어 있는 공간을 또 다른 무엇으로 가득 채우려 든다. 다른 무엇을 채워야 한다는 강박에 무의식적으로 대체 욕망을 찾는다.

라캉의 "내 욕망이 나의 욕망이 아니고 내 속에 누가 들어와 그 사람이 욕망하는 것이다"라는 말을 되새겨본다. 즉 주체의 욕망은 큰 타자의 욕망인 것이다. 내가 욕망하는 것이 아니다. 욕망은 물질적인 것이 아니라 표상, 기호, 시니피앙과 결부되어 나타나기에 욕망은 실재하지 않는 공(空)이다. 공이 엄청나게 많은 욕망을 만들어낸다.

비어 있는 결핍의 공간이 인간의 꿈과 욕망을 만들어낸다. 욕망을 승화시킬 수 있는 것 중 하나가 예술이고, 말의 한계를 넘어설 수 있는 것이 문학이라고 생각한다. 욕망은 언어로 흐른다. 그러기에 언어가 없으면 욕망도 없고, 언어가 없으면 상처도 없는 거다. 그런 의미에서 모든 시는 상처다. 상처 없는 세계는 언어가 없는 세계이다. 시는 허기의 말이고 굶기의 말이다 시인은 시로 상처받고 치유되는 과정을 반복하고 있다. 아이러니하게도 그러면서도 시쓰기를 계속 한다. 시쓰기도 중독성이 있는 것이다.

말이란 '나와 너' 사이처럼 틈이 벌어져 있어 비어 있는 공간을 메울 수는 없다. 시인들은 조금이라도 그 틈을 좁혀보려 시를 쓰고 있다. 내가 어디에 있는가를 알게 되는 것이다.

된장 예찬

요즘 같은 복더위에는 상추쌈에 된장이 제격이다. 우리 음식은 장류로 간을 맞추고 맛을 낸다. 옛 어른들은 장맛으로 그 집의 음식 맛을 가늠했다. 장맛이 변하면 집안에 변고가 생긴다 하여 안주인들은 장맛에 온 정성을 쏟았다.

또한 장 담그는 일을 성스러운 집안 행사로 여겼다. 사흘 전부터 부정한 일은 피하고 당일에는 목욕재계하고 음기를 발산하지 않기 위해 한지로 입을 가렸다. 지금도 장맛이 좋고 맛이 변하지 않는다 하여 음력 정월 말(午)날을 택해 장을 담그고 있다. 신라 신문왕 때는 왕비의 폐백 품목으로 장(醬)을 보냈다는 기록도 있다. 예부터 된장을 두고 다른 맛과 섞여도 제맛을 잃지 않는다 하여 단심(丹心), 오래 묵어도 상하지 않는 항심(恒心), 기름기를 없애주는 무심(無心), 맛을 부드럽게 하는 선심(善心), 어떤 음식과도 잘 어울리는 화심(和心)의 오덕(五德)을 갖추었다고 칭했다.

나는 어린 시절에 된장을 거의 먹지 않았다. 그런데 언제부터인지 그렇게 싫어하던 된장 냄새가 엄마 냄새처럼 좋아졌다. 다른 음식보다 밥과 된장찌개로 식사했을 때 속이 편하다는 걸 몸이 먼저 알아차렸다. 아파트에 살다 보니 볕이 잘 들지 않아 된장이 숙성되기 전에 하얗게 곰팡이가 피어 장 담그기를 포기하고 사 먹었다.

몇 년 전부터 친분 있는 어르신이 가창에 집을 장만하시고, 마당 한가운데 장독대를 마련해, 커다란 독에 넉넉히 된장을 담그셨다. 일흔이 넘으셨지만 얼마나 활기차고 씩씩하신지 옆에 있는 사람들을 기분 좋게 하신다. 된장을 뜨고 간장을 달이시면 주변에 가까운 사람들을 오라 하신다. "된장 가져가요" 하고 부르신다. 나는 신이 나서 한달음에 달려간다.

노랗게 숙성된 된장을 새끼손가락으로 찍어 맛보고, 간장도 맛을 본다. 단맛이 사르르 감돈다. "잘 숙성되면 이런 맛이 나는구나." 음식의 간은 장맛이라는 걸, 좋은 장으로 요리를 하면 조미료가 필요 없고, 음식의 품질이 달라진다는 걸 이제야 알았다. 뒤늦게 장의 진가를 알게 되었다. 모내기를 위해 논에 물을 댈 때 비가 적당히 와서 논에 물이 찰방거리면 농부들이 '일 년 농사 걱정 없다' 하듯 엄마표 같은 토종 된장이 있어 밥상이 풍성해졌다.

된장은 염분과 단백질 공급원으로서 옛날 우리 조상들의 밥상에서 중요한 부분을 차지했다. 각종 성인병을 예방하고 항암 효과를 보이며 면역력을 높이고 노화를 방지한다는 연구 결과가 발표되었다. 우리나라는 물론, 해외에서도 '오리엔탈 건강 소스'로 된장이 인기를 얻고 있다고 한다. 예전에는 민간요법으로 벌에 쏘이거나 화상을 입었을 때 된장을 발라 해독 작용의 효과도 냈다. 된장으로 만들 수 있는 우리 음식은 별로 많지 않다. 흔한 된장찌개와 국, 나물무침 정도다. 비린내를 없애기 위해 생선이나 고기 요리에 소스로 섞기도 한다. 된장을 세계화시키려면 된장의 맛은 살리되 냄새가 덜 나는 요리법을 개발해야 한다. 요즘 젊은 세대들은 냄새 때문에 된장을 기피한다. 냄새를 없애면 아이들도 즐겨 먹게 될 것이다.

된장 한 통, 간장 한 병으로 행복한 일 년을 보내게 되었다. 마음을 열고 베풀고 희생하면 이렇게 누군가에게 기쁨을 준다는 것도 어르신에게 배웠다. 된장은 언제 어디서 먹어도 물리지 않고 누구에게나 푸근하고 편안한 음식이다. 집집마다 고유의 맛을 간직하고 있어 부모님의 사랑이 가득한 음식이기도 하다. 무엇을 먹고 무엇을 마시느냐에 그 사람의 성품이 나타난다고 한다. 우리의 된장 문화는 수천 년 내려온 조상들의 지혜의 산물이다. 누가 된장을 '젠장' 하고 구박하는가. 누가 '된장녀'라고 비하하는 말에 가져다 붙이는가

무꽃

무꽃이 피고 졌다. 지난 몇 주 공들여 마음 모았더니만 피었나 보다. 나는 겨울이 끝나갈 무렵 무를 사면 무 윗둥을 잘라 물에 담가둔다. 그러면 싹이 돋아나고 줄기가 무성히 자란다. 잘 자라면 꽃대도 올라오고 이른 봄에 연보랏빛 무꽃을 볼 수 있다. 무꽃이 내는 연보랏빛 길은 남다르다. 그렇게 올해도 무를 잘라 물에 담가두었는데 잎만 무성하다 좀체 꽃대를 밀어 올릴 기미가 보이지 않더니 뒤늦게 올라온 꽃대에서 꽃망울이 시들시들 누렇게 떠서 안타까웠다.

어쩌나 했는데 나의 간절함 때문인지 줄기에서 새 가지가 다시 뻗어나가더니 꽃대 끝에 꽃망울이 매달렸다. 드디어 연보랏빛 꽃이 십여 송이 피었다. 그 순간 참 흐뭇했다. 이토록 작은 꽃이 내 마음을 알아주는구나. 길일이 따로 없다. 꽃이 피고 지는 사이가 길일이다.

광복절 단상

    골목길 어느 주택 마당에 하얀 무궁화가 피었다. 백단심이라는 하얀 무궁화. "청정무구(淸淨無垢) 하여 마음이 변치 않는다"는 우리 민족의 꽃이다. 흰빛이 여느 꽃과 달라 가던 걸음 멈추고 바라보았다. 오늘은 68주년 광복절이다. 광복(光復)이라는 말은 '빛을 되찾다'라는 뜻으로 조국이 빛과 같이 소중하다는 의미를 담고 있다.

    광복절 노랫말이 궁금해 찾아보았다. 정인보 선생의 시에 윤용하 선생이 곡을 붙였다.

> 흙 다시 만져보자 바닷물도 춤을 춘다
> 기어이 보시려던 어른님 벗님 어찌하리
> 이날이 사십 년 뜨거운 피 엉긴 자취니
> 길이길이 지키세 길이길이 지키세

꿈엔들 잊은 건가 지난 일을 잊을 건가

다 같이 복을 심어 잘 가꿔 길러 하늘 닿게

세계의 보람될 거룩한 빛 예서 나리니

힘써힘써 나가세 힘써힘써 나가세.

가슴이 먹먹해지는 구절들이다. '흙 다시 만져보자'는 말에 가슴
이 찡하다. '바닷물도 춤춘다'에는 나라를 찾은 기쁨이 배어 있다.
꿈에도 지난 일은 잊을 수 없다고 한다. 맞다. 『탈무드』에도 용서는
하되 잊지 말라는 말이 있다. 우리는 치욕스런 36년의 지난 역사를
잊어버리면 안 된다.

학창 시절에는 애국에 대한 말을 많이 들었다. 선생님들께서 "여
러분들은 이 나라의 기둥이다. 어디에 있건 조국에 부끄럽지 않은
사람이 되어야 한다"고 누누이 말씀하셨다. 또한 "조국이 나를 필요
로 할 때 어떻게 하겠느냐"고 물으시고 "조국의 부름을 받으면 언제
든 달려가야 한다"고 하셨다. 가치관과 역사관과 세계관을 아우르
는 교육이었다. 요즘 학생들은 어떤 생각을 하나 싶어 중·고등학
교에 문학 특강을 가게 되면 학생들에게 질문한다. "여러분, 대한민
국이 나를 필요로 할 때 어떻게 하죠?"고 질문을 하면 조용하다. 대
답이 없다. 무슨 뚱딴지 같은 말을 하고 있나 하는 표정이다. 그런
말은 어디서도 들어보지 않았다는 것이다.

나는 이런 현실을 접하면 가슴이 답답하다. 나라는 경제 성장에,
부모는 자녀들의 성적에만 치중하다 보니 소중한 것을 많이 잃어버

리는 것 같아서다. 가정이나 학교에서 어릴 때부터 조국의 중요성을 인식시켜주어야 한다. 광복절만 해도 그렇다. 학생들은 광복절이 여름 방학 중에 있으니 그냥 지나쳐버리게 된다. 달력에 빨간 표시 된 날, 공휴일로 알고 있는 경우가 많다. 점점 의미가 희석되어 가는 광복절이다.

얼마 전 역사 교육에 대한 논의가 있었다. 역사를 모르는 국민에게 미래는 없다고 단채 신채호 선생은 말하지 않았던가. 역사는 그 나라를 지탱하는 거대한 뿌리다. 과거를 알면 미래를 대처할 수 있다. 역사는 반복되기 때문이다. 중요한 역사 교육이 다른 과목에 밀려난다면 그보다 더 어리석은 것은 없다. 역사와 문화가 없는 나라는 결국 패망하고 마는 사례를 우리는 무수히 보아왔다. 나는 우리의 지난한 과거를 잊지 않기 위해서라도 역사 교육을 강화해야 한다고 본다.

역사에 대한 인식 없는 국민이 어떻게 제 뿌리를 찾고 정체성을 찾을 수 있겠는가. 우리 주변을 둘러보자. 주변국인 일본이나 중국은 툭하면 역사를 왜곡하고 있다. 우리 사회에 다문화가정도 점점 늘어나는 실정이고, 외국의 근로자들이 없으면 소프트웨어 산업과 3D 업종은 마비될 정도라고 한다. 이때 역사 교육을 소홀히 하면 우리 다음 세대들의 미래도 불확실해질 것이고, 우리 민족의 오천 년 역사도 사라져버릴지 모른다.

우리 사회 곳곳이 극단적인 이기주의로 피폐해져가고 있는 이때 나라 사랑하는 마음이 소중하다. 나라와 민족을 위해 돌아가신 분들에게 고개 숙인다.

존칭의 유희

우리나라 언어로 읽고 쓰고 말하고 사유하고 꿈꾸는 것에 대해 감사함을 느낀다. 우리는 숨 쉬는 공기에 감사할 줄 모르듯이 우리 글에 대해서도 별반 고마움을 모른다. 나는 종종 우리말의 아름다움에 빠져든다. 한글이 없었다면 우리는 지금 어떤 언어를 사용하고 있을까하고 생각해본다. 올해로 훈민정음이 창제된 지 571년이다.

언어란 문명을 일으키는 대단한 도구이지만 결국 사라지고 마는 유한한 것이다. 한 언어가 사라지는 것은 한 세계가 사라지는 것과 같다. 언어는 인간의 의식 구조와 문화를 가장 잘 반영해주고, 인간의 경험을 체계화하고 분류하는 창조적인 방식이 담겨 있기 때문이다. 언어는 의사소통의 장이기 이전에 인식의 창이고 인간의 정체성을 부여하는 문화이기도 하다.

유네스코의 조사에 의하면 현재 지구상에는 6,000개의 언어가 사용되고 있다. 이 중에서 50% 이상이 멸종 위기에 놓여 있다. 그중 96%의 언어는 전 세계 인구의 4%가 사용하는 소수언어이다. 아프리카 언어의 80%는 문자가 없다. 지금도 2주에 하나의 언어가 사라지고 있다. 호주에서 200년간 250개의 토착어가 사라졌고, 미국 캘리포니아에 사는 인디언들의 언어 100여 종이 사라졌다. 100년 뒤에는 2,500~3,000개의 언어가 사라질 것이라 한다. 언어는 국경과 지리적 경계를 뛰어넘어 소수언어를 사멸시킨다. 언어도 권력을 따라가기에 소수민족이 자기 말보다 타 언어를 사용하는 것이 여러모로 이익이 되기 때문이다. 또한 인구 소멸에 따라 언어도 같이 소멸되는 경우도 있다고 한다.

그런데 요즘 우리의 말이 훼손되어 요상하게 쓰이는 것을 종종 듣게 된다. 병원이나 백화점, 마트, 패스트푸드점 등등에서 듣는, "손님 기다리실게요. 찾으시는 옷 여기 있으십니다. 커피 곧 나오실 겁니다" 하는 말들이다. 그때마다 나는 "~기다리세요. ~있어요. ~나옵니다" 하고 정정해준다. 그러면 종업원은 씩 웃고 다음 사람에게 또 그렇게 사용한다.

최근 사물을 높이는 '-시-'와 부적절한 호응인 '-실게요'와 같은 표현이 유행처럼 퍼져나가고 있다. 손님을 친절히 대하려는 의도에서 문법적으로 맞지 않는 표현을 남발한다. 무한 서비스 경쟁 속에서 손님을 최대한 공대하려는 점원과 점원에게 대접받기를 바라는 손님으로 인해 사물에 대해 '-시-'를 붙여 말하거나, '-실게요'처럼 문법에 어긋난 공대 표현을 쓰는 것이다. 우리말의 바른 경어법이 무너지고 사람이 사물과 동격이 되는 현실이다. "이리 오실게요", "돌아누우실게요" 등등 병원에서든 음식점에서든 요즘 수없이 듣게 되는 '극존칭 명령성 청유형 어법'이다. 문법과 어법을 파괴하고 올바른 국어 생활 발전을 해치는 표현이다.

그런데 방송에서 연예인들이 또 이런 말을 사용하고 있지 않은가. 광고 간판에도 버젓이 "-실게요"란 문구를 붙여놓았다. 이번에는 신문에서도 "-실게요"라고 쓰인 것을 보았다. 언론에서는 좀 코믹하게 쓰려는 발상에서 이 말을 가져다 사용한 것이지만 이것을 듣고 본 사람들은 이 말을 사용해도 되는 것으로 오해할 소지가 있다. 한글 바로 쓰기 운동이라도 벌여야 할 것 같다.

이 같은 우려에 국립국어원에서 최근 경어법 개선을 위한 동영상 두 편을 제작, 발표했다고 한다. 국립국어원은 이번에 개발한 두 편의 동영상을 통해 사물을 높이는 '-시-'와 부적절한 호응인 '-실게요'가 잘못된 언어 표현임을 알려 더 이상 이러한 표현이 확산되지 않았으면 좋겠다.

인터넷이 보편화되면서 우리의 언어를 헤치는 경우가 많아졌다. 점점 거칠어지는 우리 일상의 언어도 돌아보아야 할 때다. 아름다운 언어 습관은 정서 발달에 도움을 준다. 올바른 언어는 우리의 문화자원이고 자손에게 물려줄 귀중한 유산이다.

독서 방랑기

철들고부터 나에게 꿈이 하나 있었다. 사방이 책으로 꽂혀 있는 방을 하나 갖는 것이었다. 그 꿈은 시를 쓰고도 한참 지나 나이 사십 중반에서야 내 방이 생기며 이룰 수 있었다. 책을 하나씩 구입해 서가를 채우는 기쁨은 이루 말할 수 없었다.

나는 어린 시절부터 책 읽기를 좋아해 하루 종일 방에 틀어박혀 책을 읽었다. 그런 나에게 어머니는 집곰이라는 별명을 붙여주셨다. 식구들이 모두 외출했을 때, 빈집을 지키며 창호지 창살문으로 들어오는 햇살 아래 책과 놀고 있으면 더없이 좋았다. 나의 독서는 특별한 것이 없다. 그 시절에는 요즈음처럼 손쉽게 책을 구할 수 없었다. 책이 귀했던 시절 나는 활자화된 것들을 닥치는 대로 읽었다. 겨울 방학이면 따뜻한 아랫목에 배 깔고 빌려온 만화책을 쌓아놓고 보았다. 만화책에서부터 동화, 『수호지』, 연애소설, 추리소설, 문학 전집 외에도 집에 있는 책들을 두루 섭렵했다. 뜻도 모르고 읽었다.

요즈음 학생들이 학교에서 각 학년별로 선정해주는 책 목록을 획일적으로 읽고 있는 것을 보았다. 수많은 책들 속에서 좋은 책을 선생님이나 부모님이 선택해주는 것이 학습 효과를 높이겠지만 학생들 개개인의 선택의 폭이 좁아졌다. 스스로 책을 고르고 판단하는 능력을 키우지 못하고, 주는 것만 받아먹는 수동적인 인간으로 만들어버리는 것 같다. 이것저것 다독을 하다 보면 저절로 옳고 그름을 인식하게 되고 자기가 어떤 종류의 책을 선호하는지도 알게 되어 자신의 길을 빨리 찾게 된다. 또한 책으로부터 다양한 간접 체험을 함으로써 사유의 폭도 넓고 깊어진다. 영양가 있는 좋은 음식만 먹는다고 건강하지 않다. 도리어 영양 과잉으로 각종 병으로 이어질 수도 있다. 음식도 거칠고 질긴 것, 부드러운 것, 단 것, 쓴 것, 신 것, 매운 것을 골고루 섭취해야 하듯이 책 읽기도 그래야만 편협성을 탈피할 수 있지 않을까 싶다.

　음식을 편식하지 말라고 하듯이 독서에도 적용이 되는 것 같다. 지금의 내가 시도 쓰고 평론을 쓰게 된 것도 두루 섭렵한 독서가 자양분이 되었는지 모른다. 내가 모르고 경험하지 않은 것들을 어찌 알았겠는가. 그것은 다양한 책읽기가 있었기 때문이라 본다. 책을 통해 간접 체험을 했던 것이다. 그러나 세월이 흐르면서 자연스럽게 내가 좋아하고 선호하는 책들을 골라 읽게 되었다. 내가 관심을 가지고 읽는 책들이 하나둘 내 서가를 차지하게 되었다. 인간의 심리와 정신분석에 관한 책들이다. 그러고 보니 내가 쓰는 시와 평론들도 정신분석에 줄을 대고 있는 게 아닌가.

책을 읽을 때면 학창 시절 선생님이 하신 말이 떠오른다. 두 가지가 있는데 첫째는 "책을 읽되 눈으로 읽지 말고 소리 내어 읽어보아라." 소리 내어 읽으면 정신이 집중되고 자기의 소리를 들으면서 다시 한 번 더 기억하게 된다. 두 번째가 "문장과 문장의 행간을 읽어라"였다. 글의 내용과 줄거리에 치중하지 말고 단어와 단어 사이, 행과 행 사이에 숨어 있는 의미와 여운과 여백의 맛까지도 읽어내야 진정한 독서라고 하셨다. 나는 지금도 행간을 읽으라는 말을 새기고 있다. 책을 읽다가 내 눈이 반짝 뜨이는 구절, 가슴을 울리는 구절을 만나면 천천히 음미하면서 읽는다. 특히 행간을 읽어야 하는 글은 시가 대표적이다. 시는 압축과 비유로 쓰여 행과 행 사이를 잘 읽어야 한다. 시는 머릿속에 있는 것이 아니라 말 속에 있어 글 하나하나에 상처 입은 짐승이 웅크리고 있으니 말이다.

행간을 읽을 수 없는 밋밋한 글은 영혼이 없는 글이란 생각이 든다. 밥을 떠먹여주는 것과 같기 때문이다. 현대인들은 책을 많이 읽지만 생각하지 않는다. 책을 읽기만 하고 사유하지 않으면 그냥 지식으로 머물고 만다. 진정 책의 진가를 아는 사람은 밑줄을 긋고 읽던 페이지를 접어놓고 눈 감고 사색하며 읽고 또 읽는다.

글쓰기는 내가 존재하고 내가 어떤 사람인지를 알게 해준다. 글쓰기는 자신을 드러내는 것이다. 내가 처음 글을 발표할 때는 발가벗고 벌판에 서 있는 느낌이었다. 글을 쓸 때도 인생의 바닥에 닿아야 한다. 현대인은 글을 쓰는 것으로 자기의 존재를 확인하려고 한다. 그러다 보니 쉽게 글을 씀으로써 곡진함이 결여되었다고 할까.

진정성을 잃으면 자신을 속이기에 자신도 자신을 도와줄 수가 없다.

책을 읽으면 자기의 감정을 파악하고 표현하는 데 도움을 받는다. 독자들은 책을 읽으며 무언가를 찾으려 하는데 책 속에서 무언가를 발견하는 것은 이상한 일이 아니다. 그것은 이미 자신의 내부에 가지고 있기 때문이다. 좋은 문장을 만나면 찰나의 순간에 온몸으로 전율을 느끼게 된다. 독서 경험은 이런저런 형태를 가지고 있어서 자기 자신을 뛰어넘어 다른 '나'가 되는 체험을 하게 된다. 책을 읽는 독자를 통해 책은 또 새롭게 쓰여지리라.

걷는 것만 생각하라

운동이라고는 도통 하기 싫어하는 내게 운동하라는 처방이 내려졌다. 어떤 변화나 움직임을 극도로 싫어해 행동반경도 좁고 움직임도 많지 않다. 그런 내게 운동을 평생 하라는 말은 참으로 고통이 아닐 수 없다. 집 주위에 못이 있어서 처음에는 일주일에 한 번 2킬로미터의 거리를 한 바퀴 돌고 오는 데 한 시간이 걸렸다. 그것도 마지못해 선심 쓰듯이 가곤 했다. 그 산책 시간을 내 생활에서 빼내기란 쉽지 않았다. 집에서 하는 일 없이 빈둥거리고 먼 산 바라보고 있더라도 그 시간 내기는 아깝게 생각되었다. 정말 큰 맘 먹고 시작한 것이었다. 그러던 것이 일주일에 두 번, 세 번으로 이어지더니 이제는 거의 매일 가게 되었다. 걷기의 수준을 넘어 뛰기도 하면서 두 바퀴를 한 시간에 돌게 되었다. 걸음도 빨라지고 요령도 생겼다.

그렇게 못 주변을 돌며 못을 바라보았다. 매일 바라보는 물빛이지만 내가 바라볼 때마다 물빛이 달랐다. 바람도 어제의 바람이 아니었다. 물빛도 어제의 물빛이 아니었다. 주변의 풍경도 그렇지만 가장 확연히 드러나는 것은 물빛이었다. 그걸 바라보면서 참 많은 생각을 했다. 어느 날은 저 풍경이 나를 바라본다면 저 호수의 물빛이 다르게 보이듯 나의 모습도 매일 다르리라는 것. 하루에도 몇 번 변하리라는 것을 말이다. 그렇게 사철의 변화를 주시하면서 사물을 바라보는 내 눈이 변하고 있다는 것을 느꼈다.

지난겨울 못 수면은 얼었다 녹았다 하며 그렇게 봄을 맞이하고 있었다. 살얼음이 끼어 있는 수면이 내는 소리. 물이 살얼음을 밀면서 녹기도 하고 얼기도 하는 것은 우리 인생살이 같기도 했다. 우리의 생각을 다른 생각이 와서 밀어내듯이 물살이 사그랑 소리를 내며 살얼음을 밀고 있었다. 이런 사소한 것의 발견은 산책을 하면서 얻은 수확이었다. 내가 사물을 정확히 보면 어디서든 시를 얻을 수 있다는 확신도 생겼다. 그것은 운동에서 얻은 어떤 효과보다도 더 큰 체험이었다. 사물을 정확히 보면 나 자신까지도 정확히 볼 수 있고 타인도 정확히 볼 수 있는 눈이 생긴다는 것을 알았다. 이것은 뒤늦은 나이에 깨닫게 되었지만 무엇보다 기분 좋은 깨달음이었다. 또한 무엇을 할 때 잡념마저 버리고 그 일에 몰두해야 한다는 것도 새삼스레 알게 되었다.

선불교에서 "똥을 눌 때 똥만 생각하고, 밥 먹을 때 밥만 먹어라"라고 했듯이 무엇을 할 때 그것에 열중한다면 도를 깨치는 것과 다를 바 없다는 것을 알았다. 산책을 하더라도 이것저것 주변에 보이는 것을 눈으로 쫓으면서 걷는 것은 진정한 운동이 안 된다. 걷기

하나를 하더라도 그것에 충실할 때 진정한 운동의 효과가 있다. 무엇을 하든 하나에 기대 있을 때 그것의 진실에 도달할 수 있다는 것을 뒤늦게 깨달았다.

색연필

내가 초등학교 다닐 때 도화지에 연필로 인형을 그리는 게 유행이었다. 도화지에 예쁜 공주를 그리곤 그것을 오리고 그 위에다 종이옷을 만들어 입히고 놀았다. 만화 주인공 같은 예쁜 공주를 잘 그리는 친구는 인기가 많았다. 노는 시간이면 그 친구에게 서로 그려달라고 했다. 난 그림을 잘 그리지 못해 내가 그린 공주는 예쁘지 않았다. 그래서 친구에게 그려달라거나 나보다 잘 그리는 동생에게 부탁했던 기억이 난다. 그다음에는 종이로 다양한 옷을 만들어 입혔다. 그때 색연필이 필요했다. 외제 색연필 세트를 가지고 있는 친구가 얼마나 부러웠는지 모른다. 다양한 색상의 색연필로 화려하고 예쁜 옷을 여러 벌 만들어 입힐 수 있으니 말이다. 나는 예쁜 색상의 색연필이 무척 갖고 싶었다.

요즈음 학생들은 이게 무슨 말인가 할지 모른다. 인터넷에서 클릭만 하면 자신의 이모티콘에 다양한 색상과 디자인의 옷을 갈아입

힐 수 있으니 말이다. 그땐 종이인형의 옷은 각자 자기 나름대로 디자인해서 드레스며 원피스 바지 코트 등을 그려 종이인형에 입혀주었다. 그래도 그 시절 그 놀이가 꽤 재미있었다.

나는 색연필에 대한 기억을 잊어버린 줄 알았다. 몇 년 전 친구들과 교외에 있는 찻집에 들렀다. 옆자리에 듬성듬성 색연필과 컬러링북이 놓여 있었다. 손님들이 심심하지 않게 놀다가라고 놓아둔 것이었다. "어머! 이런 게 있네" 하며 컬러링북과 색연필 케이스를 열었다. 예전에 내가 가지고 싶었던 색연필이 들어 있었다. 36색도 있고 84색도 있었다. 난 조금 들떠서 컬러링북에 열심히 칠했다. 느낌이 좋았다. 집에 오자마자 우선 36색 색연필을 장만하고 컬러링북도 샀다. 며칠 동안은 집에 나뒹구는 몽당 색연필 몇 자루를 가지고 컬러링북에 색칠했다. 새로 산 색연필은 아까워서 손도 못 대고 바라만 보았다.

내가 색연필을 사서 컬러링북에 색칠을 한다는 말을 들은 큰아들은 그 말을 건성으로 듣지 않았는지 집에 다니러 올 때 150색 색연필을 선물로 사다주었다. 다양한 색상의 뾰족하게 날선 예쁜 색연필을 보고 아이처럼 좋아했다. 난 색연필이 행여 부러지고 닳을까봐 조심하면서 케이스를 열어만 보고 그대로 닫아두었다. 보물처럼 아끼며 책꽂이에 꽂아두었다. 색연필이 이 방에 있다는 것만으로도 흐뭇했다. 그러고는 내가 산 36색 색연필을 그제서야 열어서 사용하기 시작했다.

그리기에 영 소질이 없어 색칠을 잘 못하지만 같은 계열의 색을 가지고 색칠을 하니 그런대로 봐줄 만했다. 예쁜 색연필로 색칠을 하니 마음이 한결 밝아지는 것 같았다. 가끔 아무것도 손에 잡히지 않는 날 색연필의 아름다운 색을 감상한다.

컬러링북을 잘 칠하기 위해 알아보았더니 여러 정보가 있었다. 나는 또 놀랐다. 나만 이렇게 색연필을 좋아하는 줄 알았더니 색연필을 좋아하는 사람들이 의외로 많다는 걸 알았다. 디지털 시대에 색연필을 몇백만 원씩 주고 사는 사람들이 있다고 한다. 독일의 어느 제품은 수채 색연필과 유성 색연필, 크레용까지 350여 종류로, 색연필 상자를 조립하는 데 12시간이나 걸린다. 장인이 일일이 손으로 만들어 한정판 제품이라 비싸지만 구입을 하는 사람이 늘고 있다고 한다. 색연필을 단순히 소비하는 것을 넘어 소장하려는 이들이 있다는 것이다.

사람들은 이제 연필을 쓰려고 사는 게 아니라 바라보려고 산다는 것이다. 나부터도 선물받은 150색 색연필을 감상하며 즐기고 있지 않은가. 색연필을 수집하는 것은 감성적이고 창의적인 이유 때문이다. 색연필을 쥐고 그림을 그리면 나무 냄새와 사각거리는 소리, 은은한 색채가 내뿜는 분위기에 긴장이 풀린다. 컬러링북에 색칠을 하고 있으면 다른 곳에 마음을 빼앗기지 않으며 색을 칠하는 데 집중하게 되어 자기만의 은밀한 기쁨을 누리게 된다. 색연필을 바라보는 것만으로도 마음이 진정되고 행복감을 느끼고 기분이 좋아진다면 그보다 더 좋은 심리치료가 어디 있겠는가. 어떤 물건은 필요보다 감성으로 존재한다.

숨구멍

느림은 흐르는 시간의 속도를 늦추고 의식과 무의식의 두 강물 사이에 머물러보는 것이다.

그때 세상이 나에게 말 걸고 나 또한 세상에 다정한 말을 건네게 된다.

시간의 속도를 늦춘다고 해서 남에게 뒤지는 것은 아니다.

고갯길 사이사이 하얀 찔레꽃이 고개 내밀고 순하게 웃고 있다

여름 가다

　여름이 지나간 자리는 태풍이 지나간 뒤처럼 허망하다. 지난여름 섭씨 35도를 웃도는 폭서에 땀을 비질비질 흘리며 지냈다. 가만히 있어도 흐르는 땀. 산다는 것이 곤혹스러운 날들이었다. 그 폭염이 입추가 지나자 언제 그랬냐는 듯 서늘하다. 그 더위를 까맣게 잊어버린다. 그런 적이 있었나 싶어지는 거다. 그때는 더위를 견뎌내려는 치열함이 있었다. 지금은 또 현재의 하루하루가 더 절실하게 다가온다. 우리는 너무 쉽게 지나간 것을 잊어버린다. 난 그것이 더없이 아프고 허망하다. 인간은 망각의 동물이라 하지만 너무도 쉽게 돌아서면 잊어버리는 것이다. 그 무덥던 여름이여! 어느 날 아침에 일어나니 가고 없다. 가볍게 훌훌 털고 뒤도 돌아보지 않고 가버렸다. 그도 그렇게 가버렸다.

생명줄

몇 년 전 멕시코 여행을 했다. 멕시코는 높은 지대에 위치해 있어 척박한 땅이 많다. 사람의 키보다 더 큰 선인장이 군데군데 자라는 불모의 땅이 태반이다. 멕시코시티에서 북쪽으로 세 시간가량 올라가면 과나후아토란 관광 도시가 있다. 그 산자락에 아윤타미엔토(H. Ayuntamiento) 미라 박물관이 자리한다. 이곳 미라는 다른 지역 박물관에서 보던 미라와는 완연히 다른 모습이다.

당시의 고단한 삶을 입증하려는 듯 묘비와 비석도 없이 평소에 걸쳤던 옷 그대로 공동묘지에 매장된 시신이다. 거기서 발굴한 100여 구의 시신을 전시해서인지 어린아이에서 노인의 미라까지 다양하다. 비명을 지르다 못해 제 팔을 물고 아픔을 참는 미라도 있다. 그중에서 임산부 미라가 가장 충격적이었다. 배가 밑 빠진 대야처럼 움푹 패어 있어 놀라움은 더 컸다. 뱃속은 푹 꺼져 휑한 것이 속다 파먹은 빈 게 껍데기 같았다. 뱃속에 있던 태아는 흔적 없다.

언젠가 뇌사 상태의 산모 뱃속에서 아기가 자라고 있다는 기사를 보았다. 생명유지 장치에 의지해 산모의 생명을 연장시킨 것이다. 새 생명의 탄생은 기쁘고도 슬픈 일이다. 아기가 32주가 되자 어미와 분리시키고 산모의 생명유지 장치를 제거했다. 그 순간 어미는 세상을 떠났다. 자식 둔 어미만이 느낄 수 있는 묘한 감정이었다.

어미의 마음은 죽어서도 자식을 생각한다더니 어미로서 제 자식에게 못다 한 것이 한이 되었나 보다. 멕시코 산촌 가난한 마을이 관광지가 되었다. 아윤타미엔토에서 본 임산부 미라가 헌신적인 어미 같았다. 마을 사람들을 먹여살리기 위해 흙으로 돌아가지 못하고 세상에 모습을 나타낸 것이라 여겨졌다. 어미와 자식이 질긴 끈으로 이어져 있듯 그런가 싶었다. 그래서 미라 박물관은 이 마을 밥줄이라고, 어미와 연결된 탯줄이고 젖줄이고 질긴 생명줄이라 말할 수 있다.

우리는 부모와 자식의 질긴 끈으로 이어져 있다. 그냥 우연히 이 세상에 태어난 것이 아니다. 그 생명줄을 살짝 잡아당겨보자.

느림의 미학

　누가 5월이란 말만 들어도 가슴이 두근거린다고 했던가. 5월은 역시 계절의 여왕답다. 먼 산이 하루가 다르게 푸른빛으로 짙어간다. 천지가 푸른빛 가득한 걸 보니 나도 문득 바람 쐬러 길 나서고 싶었다. 청도나 다녀오자 하고 가창, 우륵을 지났다. 청도를 가려면 몇 해 전만 해도 팔조령을 넘어 다녔다. 이제 사람들은 손쉽게 굴을 통과해버린다. 나도 예외일 수 없다.

　갈림길에서 예전에 굽이굽이 오르내렸던 기억이 떠올라 갑자기 팔조령 고갯길로 핸들을 꺾었다. 차가 힘겨운지 헐떡거리며 덜덜거린다. 운전대를 잡은 손도 굽이 돌 때는 조심스럽기는 하다. 고갯길 군데군데 아스팔트는 볕에 바래 허옇고 노변 금 간 틈으로 잡초들이 돋아나 있다. 사람의 왕래가 뜸하니 길도 산골 빈집이나, 재개발지역 오래 비워둔 폐가처럼 낡아 보인다.

　길도 사람의 손길이 닿지 않으면 윤기를 잃고 사람의 기운을 받아야 온기를 얻게 되나 보다. 길은 푸석푸석하니 바스러질 것 같다. 때가 되면 길도 새 길에게 자리를 내주어야만 하는가. 길이 낡고 쓸모 없어져 잊혀지고 버려지는 것만도 서러운데 뭔 미련이 남았는지 밟으면 우는 소리를 낼 것 같아 돌아오는 길 내내 마음 짠했다.

길도 사람의 삶처럼 생이 있고 운명이 있어 명이 다하면 스러지기도 하고 새로 태어나기도 하는가 보다. 저 구부러져 흘러가는 길처럼 우리의 인생살이도 몇 굽이 돌더라도 막힘 없이, 꼬임 없이 유장하게 흘러갔으면 싶다.

천천히 굽이 돌아가니 피에르 상소의 느림의 미학이 떠오른다. 느림은 민첩성이 결여된 정신의 둔감한 기질을 의미하는 것은 아니다. 행동 하나하나가 중요하다는 것을 일깨워준다. 느림은 흐르는 시간의 속도를 늦추고 의식과 무의식의 두 강물 사이에 머물러 보는 것이다. 그때 세상이 나에게 말 걸고 나 또한 세상에 다정한 말을 건네게 된다. 시간의 속도를 늦춘다고 해서 남에게 뒤지는 것은 아니다. 고갯길 사이사이 하얀 찔레꽃이 고개 내밀고 순하게 웃고 있다.

영혼에 태엽을 감는 시간

　밤 비행기를 탔다. 밤으로의 긴 여행이 시작되었다. 가도 가도 밤이었다. 밤 속으로 들어가 깊은 밤의 심연을 헤치고 나오니 아침이 삐죽 고개를 내밀고 아침이 아침을 업고 마중 나와 있었다.

　미국에 사는 아들에게 다니러 갔더니 아들이 여행 계획을 세워 놓았다. 행선지가 모하비 사막과 앤텔로프 캐니언이라 한다. 이곳 사람들이 적극 추천하는 곳이란다. 미국은 크고 넓고 광활해서 전에 가본 그랜드캐니언처럼 그렇겠거니, 계곡을 캐니언이라 하니 거대한 풍경이 다 그렇겠거니 하고 별로 기대를 하지 않았다. 승용차를 타고 가는 긴긴 여정이라 온 가족이 피로에 지치지 않을까 도리어 그게 염려되었다. 그러나 출발 두어 시간 지나고부터 내 편견이라는 걸 알았다. 가는 길에 올려다본 하늘은 코발트블루로 짙은 푸른빛이었다. 태양빛에 따라 점점 하늘색이 변하면서 하늘에 펼쳐지는 다양한 모양의 구름은 그것 자체로 하나의 예술작품 같았다. 사진기를 들이대면 그대로 작품이 되었다. 구름의 형태가 묘해서 눈을 뗄 수가 없었다. 지역마다 기후가 다르니 구름의 형태도 매양 달랐다.

여행을 하다 보면 '여기 다시 올 수 있을까? 다시 볼 수 있을까?' 하는 생각보다 내가 보았던 풍경이나 걸었던 길들을 '언제까지 기억할 수 있을까?' 하는 염려 아닌 걱정이 종종 든다. 그건 아마도 어머님이 기억을 잃어가는 모습을 지켜보아서 그럴지도 모른다. 어쨌든 그 후로 발길 닿는 곳이 아주 소중해졌다. 사진작가가 풍경을 사진으로 기록하듯이 나는 눈에 담아보려고 애쓴다. 그러나 보는 것에는 한계가 있다. 하이젠베르크의 불확정성의 원리를 말하지 않더라도 사물의 길이나 넓이, 깊이를 눈으로 정확히 측량하지 못하고 마음의 잣대로 '크다' '넓다' '깊다' 하니 말이다.

모하비(Moab) 사막은 미국의 캘리포니아 남동부를 중심으로 네바다, 유타, 애리조나에 걸쳐 있는 고지대 사막이다. 어느 나라에서도 볼 수 없는 풍광이 펼쳐졌다. 가도 가도 구릉과 협곡과 절벽이 병풍처럼 둘러쳐져 있다. 붉은 사암 퇴적층으로 형성된 지층이다. 이십억 년 전에 바다였던 곳. 사막 하면 모래만 버석거리는 모래땅을 생각했었는데 비가 오지 않아 메말라 건조한 땅, 식물이 자랄 수 없는 땅, 인간이 살아갈 수 없는 불모지가 모두 사막이다. 광활하고 황폐한 땅에 납작 엎드린 키 낮은 풀과 볼품없는 조슈아 나무가 붙어 있다. 너무나 거대해서 입이 다물어지지 않는 아득하기만 한 붉은 땅, 척박하고 척박해서 생명체는 도저히 살아갈 수없는 버려진 땅에 수

천의 돌무더기들이 인간 군상처럼 늘어서 있다.

자연의 풍화작용으로 빚어진 수많은 돌들이 인간의 모습을 하고 있어 하나하나가 조각품 같다. 사막 한가운데서 이러한 풍경을 만나리라고 생각지 못했다. 풍화작용에 의한 것이라 여기기에는 예사롭지 않다. 노아의 방주에 들어가지 못한 사람들이 홍수에 떠밀려 가다가 돌로 굳어버린 것 아닌가 착각할 정도다. 돌들이 모여 있으면서 어딘가 한 곳을 바라보고 있는 형상이다. "나를 따르라"는 하나님의 음성을 듣고 있는 듯, 돌이 된 사람들이 일제히 신을 바라보고 서 있는 것 같다. 대자연 앞에서, 수억만 년에 걸쳐 자연의 풍화작용이 만들어낸 돌덩이 앞에서 숙연해지고 겸허해진다. 누가 이곳에 이런 군상들을 만들어놓았는가. 인간이 조형물을 만든다 해도 이보다 더 나을 수는 없으리라. 붉은 돌의 군상들뿐 아니라 도처에서 신의 손길이 느껴졌다.

사막 한가운데 앤텔로프 캐니언이 있는 마을 '페이지(Page)'를 찾아 어둠을 헤치고 달려갔다. 산속이라 해가 빨리 지니 어둠 속을 달려가야 했다. 앞에도 뒤에도 차 한 대 지나다니지 않는다. 어둠 속에서 우리 일행은 조용해졌다. 모두 입을 다물고 헤드라이트 불빛이 비추는 앞만 바라보고 있었다. 모두들 조금씩 어둠 속에서 길을 잃을까봐 두려움에 떨고 있다. 그때 차에서 올려다본 밤하늘에는 별이 얼마나 많던지 그렇게 많은 별은 처음 보았다. 저 멀리 마을 불빛이 보였다. 우리는 안도의 숨을 내쉬었다.

앤텔로프 캐니언(Antelop canyon)이라 말하기보다 나는 앤텔로프 동굴이라 부르는 게 더 좋다. 앤텔로프 캐니언은 나바호족이 발견한 붉은 사암 협곡지대로 나바호 인디언 보호구역에 있어서 개인이 자유여행은 할 수 없다. 미리 예약을 해두어야 한다. 동굴에 가려면 가이드의 오프로드 픽업트럭을 타고 광활한 대지를 달린다. 비닐 천막 쳐진 트럭을 타고 15분 정도 들어간다. 가는 길에 입자가 고운 먼지를 뒤집어쓰는데 온몸을 허연 분가루로 샤워한 것 같다. 앤텔로프는 오랜 시간 바람과 물의 침식작용에 의해 빚어낸 협곡이다. 빛이 좁은 구멍을 통해 들어오는데 빛이 비춰지는 시간과 각도에 따라 붉은 사암층에 반사되면서 시시각각 신비한 빛의 조화를 이루어낸다. 그래서인지 이곳은 사진작가들이 아주 선호하는 장소라고 한다. 그 빛들은 수억만 년 갇혀 있던 영혼들을 깨워내는 마력을 가지고 있는 것 같았다. 나도 스마트폰을 꺼내지 않을 수 없었다. 열심히 셔터를 눌렀다. 사진 속의 형상들을 보고 놀라 눈이 휘둥그레졌다. 육안으로는 안 보이던 것들이 사진 속에서 무어라 표현할 수 없는 기괴한 형상을 하고 있었다. 사진 속의 모습은 이십억 년 전의 죽어간 영혼들이 건네는 무언의 말인 듯 몸짓인 듯 했다.

붉은 사막엔 사막 식물이 점점이 늘어서 있고 조슈아 나무는 두 팔 벌리고 괴물처럼 서 있다. 저 괴물의 위력은 메마른 땅을 더욱 메마르게 할 것 같다. 탐욕스러운 입이 탐욕을 그치지 않고 계속 뻗어나가 선인장 가시가 점점 거대해지고 있다. 굴러다니는 풀(tumbleweed)은 꼭 푸성귀 뭉쳐놓은 것 같다. 건기에는 바람 따라 돌돌 굴러다니다가 비가 오면 아무 곳에서나 뿌리를 박고 서둘러 꽃을 피워 한 생을 마감한다. 제 목숨 부지하고 종족 보존을 위해 서둘러 또다시 보따리 싸서 정처 없이 바람 따라 떠돈다. 그 강한 생명력에 가슴이 뭉클해졌다. 인간의 손길이 미치지 않는 자연 그대로의 막막한 광야가 일상생활에 지쳐 마모되어가던 내 영혼에 노크를 하고 있는 게 아닌가. 무언가가 내 영혼을 흔들어 깨우고 있었다. 풀려 있던 태엽을 감는 것 같았다. 나는 오래 펼치지 않았던 노트를 꺼내 쓰기 시작했다. 내 눈과 마음과 영혼이 아주 흡족해하는 것 같았다.

이름을 불러주세요

제주도에 다녀왔다. 제주도에 사는 친구가 주택으로 이사했다며 친구들을 불러 모았다. 마당이 넓은 집은 온통 초록으로 뒤덮여 있었다. 담장 밖 멀구슬나무 꽃이 바람에 실려오니 집안 곳곳 꽃향기가 감돌았다.

다음 날 친구는 우리를 '거문오름'으로 데려갔다. 원래 '검은오름'인데 유네스코 세계자연유산에 등재하면서 소리 나는 대로 썼다고 한다. 거문오름은 다른 곳과 달리 상산나무가 많아 숲의 냄새가 달랐다. 나는 숲길을 가면 나무나 꽃의 이름을 불러준다. 그날도. "산수국, 산나리, 산딸기" 하면서, 그러자 일행들이 어떻게 식물 이름을 잘 아냐고 물었다. "애들도 이름 불러주면 좋아해요" 하며 그냥 웃었다.

사실 시를 습작할 때였다. "이름 모를 들꽃이 바람에 흔들렸다"거나 "이름 모를 새가"라고 썼었다. 누군가 "세상에 이름 없는 것들이 어디 있어요. 이름을 불러주면 좋지 않겠어요" 하는 말에 얼마나 부끄러웠는지 모른다. 시의 묘미는 절제된 언어 표현과 리듬감으로 이미지를 살려내는 것이지만, 짧은 글에서는 사물의 이름 하나만으로도 많은 정보를 얻을 수 있고 그게 꽃이라면 어느 계절인지, 모양이나 색깔을 통해서 작가가 말하고자 하는 것을 유추해낼 수 있다. 이름 하나가 의미를 확장해나가기도 하고 중요한 상징이 되기도 한다. 글은 무엇보다 정확하고 구체적이어야 한다는 것을 깨달았다.

또한 시에서는 사실 어떠한 시적 오류도 허용하지 않는다. 많은 사람이 즐겨 부르는 가요 중에 〈찔레꽃〉이 있다. "찔레꽃 붉게 피는 내 고향~"에서 찔레꽃은 붉은색이 아니라 흰색이다. 이런 오류를 범하지 않으려고 나는 도감도 펼쳐보고 사전도 찾아보곤 한다. 그러다 보니 자연히 들풀이나 나무 이름에 관심을 갖게 되었다. 은사시나무, 뽕나무 하고 이름을 불러주면 가는 길이 지루하지 않다.

나는 나무 중에서 목백합과 메타세콰이어를 좋아한다. 이 나무들은 키가 훌쩍 커서 건물 7~8층 높이로 자라고 전체적인 형태는 삼각형의 모습을 하고 있다. 목백합은 이맘때 엷은 노란 꽃을 피우는데 꼭 천 개의 손이 천 개의 촛불을 켜 들고 있는 것 같다. 목백합은 일명 튤립나무라고도 한다. 꽃이 튤립 같아 붙인 이름이다. 백합나무는 수억 년 동안 빙하기를 거쳐서 살아남은 세 종류의 나무 중에 하나다. 메타세콰이어, 은행나무, 백합나무가 바로 그 나무들이다.

들풀이나 나무의 이름을 불러줄 때, 그것들은 내게로 조용히 다가온다. 그냥 스치고 지나가버리고 마는 것들이 그 이름으로 하여 추억의 장소까지 세세하게 떠오르게 한다. 이렇게 쓰고 보니 김춘수 시인의 "내가 그의 이름을 불러주기 전에는/그는 다만/하나의 몸짓에 지나지 않았다./내가 그의 이름을 불러주었을 때/그는 나에게로 와서/꽃이 되었다"라는 「꽃」이라는 시와 라이너 마리아 릴케의 "내 입이 당신을 부르면/그 벽은 허물어지리라/아무 소리도 없이"라고 노래한 구절이 연상된다. 또한 릴케는 "이름은 빛처럼 강하게 이마에 새겨져 있다"고 했다.

어느 교장 선생님은 전교생의 이름을 다 외웠다고 한다. 학생들의 이름을 기억하고 불러주는 것은 한 존재로 존중한다는 의미이고, 관심의 표현이며, 좋은 관계의 시작이 된다. 무릇 이름이란 이와 같이 존재를 확인시켜주는 중요한 의미를 가지고 있다. 또 아프리카에서 영장류를 연구하는 어느 박사는 연구 대상인 영장류에게 이름을 하나씩 붙여주었다고 한다. 이름을 불러준다는 것은 바로 관심과 사랑의 표현이니까.

눈(雪)

그때 그 눈은 정말 환상적이었다. 대구에서는 눈 구경하기가 쉽지 않은데 눈이 그렇게 많이 오는 것을 처음 본 것 같다. 기분이 들떠 있었다. 가로등 불빛에 날리는 눈은 하루살이 떼가 몰려드는 것 같기도 하고 메뚜기 떼가 벼 이삭에 내려앉기 위해 막 지상으로 접지하는 모습 같기도 했다.

바람에 불려가는 눈도 그렇고, 내 발자국을 남기며 걷는 것도 그렇고, 발자국이 눈으로 덮이는 것을 보며, 내가 발자국을 찍으며 가도 그곳은 나를 기억할까 싶었던 그 순간처럼 눈은 자꾸 발자국을 덮었다. 내가 왔다 간 흔적을 지우는 것 같았다. 언젠가는 이 세상에 왔다 간 흔적도 그렇게 다 지워질 것이다.

눈은 내릴 때 마음하고 왔을 때 마음이 다르다. 오줌 누러 갈 때 마음하고 갔다 와서 마음 다르듯, 아니 돈 빌릴 때 마음하고 돈 갚을 때 마음 다르듯이 눈은 낯짝 두꺼운 사람처럼 순수함을 잃었다.

눈(雪)의 암호를 해독하자

올 겨울 유난히 눈이 많다. 대구에도 12.5센티미터의 도둑눈이 내려 도시 전체가 마비되고 말았다. 아파트 창밖으로 출근길 풍경을 내다보니 사방 주차장이 되어버렸다. 언제부터인가 눈이 내리면 기쁨보다 걱정이 먼저다.

연초에 홋카이도 여행을 다녀왔다. 온통 눈 천지여서 동화의 나라에 잠시 들어갔다 온 것처럼 경이로웠다. 공항을 빠져나가는 순간부터 하얀 눈으로 덮인 도시와 만났다. 그냥 설핏 온 눈이 아니라 지붕 위에 40센티미터 이상의 눈이 덮여 있다. 차도와 인도에는 사람과 차가 다니도록 눈을 치워놓았다. 치운 눈을 도로 양쪽으로 쌓아두어 눈으로 만든 벽 사이를 차가 지나다녔다. 그 모습은 어느 지방을 가나 같은 형태로 질서정연했다. 홋카이도 지역은 눈과 함께하는 생활이 익숙해서인지 차들은 안전 운행을 준수하고 있었고 추월하는 차를 거의 보지 못했다.

홋카이도의 눈은 달랐다. 우리나라의 눈은 습기를 머금고 있어 무겁고 내리는 즉시 녹아버린다. 기온이 급강하하면 눈길이 빙판길이 된다. 홋카이도의 눈은 습기가 많지 않아 포슬포슬하다. 눈을 맞아도 툭툭 털어내면 그만이다. 나뭇가지에도 솜덩이를 매달아놓은 것처럼 쌓인 눈이 진풍경을 연출해냈다. 습도에 따라 눈의 입자가 다르다는 것을 알았다.

눈이 시련만을 상징하는 것은 아니다. 눈은 풍년의 징조로 보리 이불이라 하고, 희고 깨끗한 색에서 순결을, 밝음에서 천상의 세계를 연상시켜 신비경에 빠지게 해 사람의 마음을 순화시켜주기도 한다. 김수영 시인은 「눈」이란 시에서 "눈은 살아 있다/떨어진 눈은 살아 있다/마당 위에 떨어진 눈은 살아 있다/ (…) /죽음을 잊어버린 영혼과 육체를 위하여/눈은 새벽이 지나도록 살아 있다"며 눈의 생명력을 노래했다. 홋카이도의 눈은 정말 살아 있었다. 삶을 위협하듯이 내려 쌓인 눈으로 '눈 축제'를 벌여 관광객을 유치하니 경제도 살리고, 살아 있는 눈으로 실제적 가치를 높인 것이다.

그곳 사람들은 일 년의 반을 눈 속에서 지내서인지, 지진 같은 국가 재난 훈련에 숙련되어서인지 눈을 치우는 모습도 일상생활같이 당연하게 받아들이는 것이 인상적이었다. 눈 치우는 기계가 집집마다 준비되어 있어 자기 집 앞의 눈은 당연히 자기가 치우고 있었다. 주민들이 쌓아놓은 눈을 다른 곳에 버리기 위해 눈을 싣고 가는 덤프트럭을 종종 보았다. 우리나라 사람들이 자기 집 앞의 눈도 치우지 않고 누군가가 치우겠지 또는 정부가 치워주겠지 하고 미루는 것과 사뭇 비교가 되었다. 이곳은 날씨의 변화도 심해서 눈이 오다 말다 갑자기 눈보라가 몰아치기도 했다. 그사이 사이 해가 반짝하고 나왔다. 이런 눈은 여우눈이다. 눈의 종류도 싸락눈, 진눈, 진눈깨비, 함박눈, 가랑눈, 마른눈, 밤눈, 봄눈, 소나기눈, 솜눈, 숫눈, 찬눈 등 명칭도 많다. 여우눈이라는 명칭 하나 더 얹어놓아야겠다.

여행에서 돌아와 눈에 관한 자료를 찾아보았다. 우리나라에는 눈에 관해서, 특히 설해에 관해서 깊이 있게 언급한 책을 찾기 어려웠다. 눈이 많이 오지 않아서겠지만, 앞으로는 기후 변화에 대비하기 위해서라도 눈에 대한 연구를 해야 할 것 같다.

일본은 우리나라보다 눈에 대한 연구가 앞섰다. 『눈(雪)』의 저자 나카야 우키치로는 눈의 결정형 및 모양이 어떠한 조건에서 생성된 것인지 알면 상층부터 지표까지의 대기 구조를 알 수 있다고 했다. 역으로 인공눈을 만들어 자연에서 볼 수 있는 모든 눈의 종류를 분석해보면 그 모양의 눈이 내린 때의 상층 기상 상태를 유추할 수 있다는 것이다. 눈은 하늘에서 보낸 편지이다. 우리도 서둘러 눈의 암호를 해독해 눈을 살려내야 한다.

선물

인터넷에서 시집가는 딸에게 주는 아버지의 글이란 문구가 눈에 띄어 클릭해보았다. 결혼을 앞둔 과년한 딸이 올린 글이었다. 결혼식을 앞둔 딸에게 아버지가 낡은 상자 하나를 내밀었다. "네가 신혼여행 갈 때 주려고 모았는데 이제 줄게" 하셨단다. 글과 함께 올린 상자를 보니 라면 박스 같은 상자에 테이프를 두르고 구멍을 뚫어놓았다. 상자는 오래되어 색도 바랬고 볼품이 없었다. 상자 위에는 08220이라고 적혀 있었다. 딸은 집에 와서 이 일 저 일로 분주해 상자를 방 안에다 밀어놓고 열어보지 않는데. 자다가 생각이 나 이게 뭐지 하고 궁금해서 열어보았다.

열어보는 순간 입을 다물지 못했다. 돌돌 말린 천 원짜리가 수북이 쌓여 있었으니까. 돈은 천 원짜리 세 장 단위로 접혀 있었다. 꼬깃꼬깃한 삼천 원씩 접혀 있는 돈을 세면서 아버지의 맘이 느껴져 밤새 울었다고 한다.

결혼식을 올리고 신혼여행을 떠나는 딸에게 무엇이라도 해주고 싶은 아버지의 맘이 진하게 느껴졌다. 딸에게 목돈을 주고 싶은데 그런 여유가 안 되니 하루하루 상자에 돈을 모았던 거다. 08220이라면 2008년 2월 20일 시작했다는 거다. 천 원짜리 석 장이라면 왕복 버스 값이고, 담배 한 갑이고 막걸리 한 병 값인데, 그 아버지는 그 유혹을 뿌리치고 그 상자 속에 돈을 넣으면서 순간순간 얼마나 흐뭇했을까. 시집가는 딸이 그것을 받아들고 환하게 웃는 모습을 그리며 모았겠지. 상자의 돈은 686,800원이었다. 글을 올린 딸은 "아버지 시집가서 잘 살겠습니다" 하고 끝맺었다.

아버지에 대한 고마움과 안쓰러움이 배어나는 글이었다. 많은 댓글이 달렸는데 한결같이 아버지의 사랑이 눈물겹다고 썼다. 어떤 아가씨는 난 시집갈 때 울 아버지 옷 한 벌 해드리고 가야지 하고 댓글을 달았다. 나는 시집가는 딸이 올린 이 글을 읽고 가슴이 뭉클했다. 돈이 많고 적고를 떠나서 아버지의 사랑과 정성을 받고 딸은 얼마나 기뻤겠는가. 딸은 아버지의 사랑을 담뿍 안고 시집을 갔을 거다. 이런 아버지를 둔 딸은 시집가서 아주 잘 살 거라 본다. 푼돈을 모은 아버지나 그 사랑이 눈물겨워 글과 사진을 올린 딸에게서 진한 가족애가 묻어난다.

자식이 밤이 늦어도 안 들어오면 어머니는 열 마디 말로 안 들어온다고 성화지만 아버지는 말없이 현관문만 바라다보신다고 한다. 말없는 아버지, 쑥스러워 표현하지 못하는 아버지의 마음을 한번 헤아려보기 바란다.

옛날에는 시집갈 때 혼수품에 소설책이 들어 있었다고 한다. 시집살이가 고될 때 그 책으로 시름을 달랬다고 한다. 소설책이 비싸서 가져가지 못하면 책을 베껴서 가져갔다. 동생의 결혼식에 다니러온 딸은 『임경업전』을 만지작거리다 베껴 쓰기를 했다. 그러나 시댁으로 갈 날이 촉박해 다 베끼지 못하고 갔다. 동생과 삼촌과 아버지가 몇 장씩 베껴 썼다. 그리고 아버지는 책 말미에 "아비 그리울 때 보아라"라고 써 넣어 시집으로 보내주었다. 아버지는 시집간 딸에게 편지 쓰는 기분으로 소설을 베껴 썼을 거다. "아비 그리울 때 보아라." 참 아름답고 가슴 뭉클한 말이다. 서로를 생각하는 마음이 한권의 소설책에 고스란히 담겨 있다.

        4. 숨구멍

기름과 향유

난 성경에서 피부병을 앓는 사람에게 기름을 발라준다거나 귀한 손님에게 기름이나 향유로 발을 씻어준다는 이야기를 읽을 때 잘 이해할 수가 없었다. 그런 풍습이 있구나 싶었다. 사막 여행을 하면서 알게 되었다. 내 몸이 말을 하고 있었다. 건조한 사막 기후와 석회암지역을 다니다 보니 몸이 가렵기 시작했다. 석회석이 섞인 물로 목욕을 하니 몸이 더 버석거리고 건조해졌다. 밤이면 몸 여기저기를 긁적이느라 잠을 이루지 못했다. 그 옛날 이스라엘 땅은 물이 귀한 지역이라 목욕도 못하고 씻지도 못해 몸이 갈라지고 터지고 피가 났겠다. 그러니 먼 길을 갔다 돌아온 사람이나 집을 찾아온 손님에게 발을 씻어주고 향유를 발라주고 머리에도 기름을 발라주는 것이 그들이 귀한 손님에게 베풀어주는 손님 접대겠다 싶었다.

미세한 진흙 같은 붉은색의 석회가루 입자는 아주 곱다. 얼굴에 바르는 분가루보다 더 곱다. 바람이 부니 얼굴과 머리에 고운 입자가 뒤섞여버렸다. 얼굴과 손과 머리가 모래 먼지로 버석거린다. 머리는 손가락으로 훑으니 뻣뻣하다. 철사 같다.

그 나라 사람들은 피부를 보호하기 위해 기름으로 먼지를 닦아낸 것이었구나. 목욕을 하고도 석회가 몸에 남아 있으니 몸에 기름이나 로션을 발라주는구나. 그래서 향수와 보디 용품이 발달했구나. 빨리 가고 싶다. 집으로.

질투

장애인 올림픽이 런던에서 개최되었다. 거기에 특별한 손님인 스티브 호킹 박사가 호명되자 모두들 그의 등장을 조용히 기다렸다. 스티브는 스물한 살에 루게릭병 진단을 받았다. 근육이 점점 굳어져 몸을 움직일 수없었다. 올해로 일흔 살인 그는 아이슈타인 이후 최고의 물리학자이다. 휠체어를 타고 나온 그는 목소리가 나오지 않아 눈동자의 움직임으로 컴퓨터 음성 합성 장치를 통해 축사를 했다. 그에게 표준적 인간이란 존재하지 않는다. 인간에게 한계가 없다는 것보다 세상에 더 특별한 일이 있는가. 발을 내려다보지 말고 별을 올려다보라고 했다. 호킹 박사의 축사는 감동적이었다. 장애인으로서 누구보다도 가혹한 시련을 겪으면서 살아가지만 전 세계 장애인들에게 희망과 용기를 주었다.

우리는 발을 내려다보고 옆을 돌아보고 남과 나를 비교한다. 남과 나를 비교하다 보니 시기와 질투심이 증폭된다. 극단적인 경쟁은 타인과의 불필요한 비교에 빠지게 한다.

W.C. 필즈는 채플린의 이름만 들어도 격해지곤 했으며, 밀턴은 셰익스피어와의 계속적인 비교 속에서 우울한 일생을 보냈다. 살리에르 또한 자신의 곡을 모차르트와 비교할 때마다 정신이상이 되곤 했다. 실러는 질투심에 사로잡혀 괴테의 일거수일투족을 경멸하고 험담을 퍼뜨렸으며 옹졸하게도 괴테의 약점을 과장해서 말했다. 그는 아주 풍족하게 살았으며 독일 방방곡곡에서 사랑을 받았다. 그러나 운명이 실러에게 베풀지 않은 단 한 가지가 있었다. 평온과 분별 이었다. 고뇌에 찬 화해의 기쁨은 실러의 것이 아니었다. 훗날 괴테와 실러 두 사람은 친구가 되었지만, 실러는 질병과 질투심으로 하얗게 질려 세상을 하직했다. 괴테가 자기보다 진실하고 평온하며 한결같은 것을 용서할 수 없었다. 자신이 정당한 인정을 받지 못한다는 생각은 분노와 괴로움을 낳고, 자신이 동료 예술가보다 못하다는 생각은 자신을 우울하게 한다.

나도 남들보다 인정을 못 받는 것은 아닌가 하는 생각에 휩싸여 지냈던 때가 있었다. 그런 생각은 분노와 괴로움을 낳고 우울증을 유발한다는 것을 알았다. 악인에게는 많은 슬픔이 있다는 시편의 구절이 내 머리를 툭 치면서 그 못난 생각에서 놓여났다. 피타고라스는 "이 세상에서 가장 중요한 일이 무엇이냐. 그건 인생을 어떻게 살아야 하느냐 하는 지혜를 가르쳐주는 일이다"라고 말했다. 아주 하찮은 인생도 있고 고귀한 인생도 있다. 한 번밖에 없는 인생인데 어떻게 살아야 할까. 오늘의 화두다.

겸허해지다

비행기를 타면 이륙과 착륙하는 순간에 겸허해진다. 천둥 번개
칠 때 두려움 같은 것이 스물스물 기어나와 자신을 돌아보게 된다.
숨 죽이고 비행기가 이륙하기를 기다리고 숨 죽이고 비행기가 착륙
하기를 기다린다. 안전띠를 풀면서 휴~ 하고 숨을 내쉬고 안도한
다. 이번 여행 중에는 비행기를 여덟 번이나 탔다.

커피 한 잔

    지하도를 지나다 노숙자를 보니 지난해 유럽 여행에서 마주친 두 사람이 떠올랐다. 한 사람은 스트라스부르그에 있는 제3의 노트르담 성당을 관광하고 있을 때 마주쳤다. 현지 가이드는 열심히 성당에 대해 설명하고 있었다. 성당의 어마어마한 크기와 세밀한 조각 하나하나에서 번성하였을 그 시대의 상황을 느낄 수 있었다. 가이드의 말을 귓전으로 들으며 나는 광장 입구에 서서 세계 각처에서 온 많은 인종들의 행색과 표정을 보느라 딴청하고 있었다.

    그때 성당 입구 계단에 뚱뚱한 중년의 아랍 여자 두엇이 스카프로 얼굴을 감싸고 앉아 있었다. 사람들이 지나가면 그중 한 여자가 손 내밀며 구걸했다. 내가 경계심이 발동해 그 앞을 빨리 지나쳐 일행들 가까이 다가섰을 때였다. 손 내밀던 여자가 햇볕이 내리쬐는 광장으로 내려섰다. 자리를 옮기려나 보다 했더니 갑자기 광장 중앙에 픽 쓰러지는 것이 아닌가. 광장 주변에 줄지어 늘어선 상점이

190

있고 많은 관광객들이 왕래하지만 아무도 그녀에게 눈길도 주지 않는다. 나는 계속 그녀를 지켜보았다. '어쩌나. 쓰러졌는데 왜 아무도 가까이 가지 않는 거지? 못 먹어서 영양실조인가' 하며 근심되었다. 옆 사람에게 여자를 가리키니 신경 쓰지 말란다. 동정심을 유발하기 위해 연기하고 있는 거란다. 여자는 기절한 듯 누워 있다. 발가락이 고물거리니 슬리퍼가 바닥으로 떨어져 뒹군다. 나는 그 자리를 뜰 때까지도 마음이 쓰였지만 난 그녀 가까이 가지 못했다. 성당을 한 바퀴 돌아오니 그녀는 보이지 않았다.

또 한 사람은 룩셈부르크에서였다. 새벽에 일찍 일어나는 바람에 아침 산책이나 하려고 나섰다. 식사하고 바로 다음 행선지로 출발하면 이 나라를 못 보아 아쉬울 거 같았다. 역 쪽으로 걸음을 옮겼다. 룩셈부르크역은 특이하게도 오는 사람보다 떠나는 사람으로 붐볐다. 인근 다른 나라 도시로 출퇴근하는 사람들이 많아서인가 보다. 어디선가 빵 냄새가 났다. 사람들은 기차 타기 전에 빵과 음료를 사기 위해 줄 서 있었다. 나는 빵 냄새에 이끌려 그냥 지나갈 수 없었다. 카푸치노 한 잔과 빵을 주문해 카페에 자리를 잡고 앉았다. 갓 구운 따스한 빵과 커피를 앞에 두고 있으니 마음이 그렇게 푸근할 수가 없었다. "진짜 카푸치노는 이 맛이구나." 커피의 향과 맛은 매혹적이었다.

그때 창밖을 보니 한 노인이 이 빵집을 바라보고 서 있다. 내가 커피를 아껴가며 마실 동안에도 그 자리에 서 있다. 어린아이가 먹고 싶은 아이스크림 가게 앞에서 꼼짝 않고 달라붙어 있는 모습과

흡사했다. 노인이 이른 아침에 무언가 간절히 원하고 있는 것이다. 노인은 노숙자 같았다. 배낭인지 침낭인지 달랑 하나를 메고 머리는 자다 깼는지 한쪽이 삐죽 솟아올랐다. 간절히 서 있는 노인의 허기를 달래주고 싶었다. 나는 동전 몇 개를 챙겨 노인의 손에 쥐어주었다. 노인의 얼굴이 환해졌다. 당연히 노인이 빵과 차를 주문할 줄 알았는데 아메리카노 한 잔을 들고 나가면서 고맙다고 나에게 뭐라 뭐라 인사를 하며 간다. 아마 '신의 가호가 너와 함께하길 바란다' 그런 의미 아닐까 짐작해본다. 아, 저 사람에게는 아메리카노 한 잔이 아침 해장이구나. 커피를 즐기는 나에게 커피의 의미가 다르게 다가왔다. 내가 누군가에게 몇 푼 안 되는 돈을 적선하고 상대가 그렇게 흡족해 가는 걸 보니 나도 덩달아 그날 내내 마음이 환했다.

먼 이국땅에서 매일 죽었다 살아나는 여자와 커피를 간절히 바라며 창 밖에 서 있을 그 노인이 떠올랐다. 그녀는 늘 그래왔던 것처럼 북적대는 관광객들 틈에서 하루에도 몇 번씩 죽었다 살아날까? 노인은 여전히 매일 아침 어느 카페에서 해장 커피 한 잔이 그리워 창밖에 서 있을까?

인천공항에 새벽에 도착했다. 대구행 비행기를 기다려야 했다. 앉을 자리가 없었다. 얼굴을 가린 네댓 명의 노숙인들이 좌석 한 줄씩 차지하고 자고 있었기 때문이다. 카트에는 그들의 소지품이 가득 실려 있었다. 그 모습을 보자 여행으로 누적된 피로에 지쳐 가물거리던 눈이 놀라 크게 떠졌다. 신이 사람을 세상에 내보낼 때는 뜻

4. 숨구멍

과 계획을 가지고 내보낸다 했는데 저들의 뜻과 계획은 무어고 내일의 희망은 있는 것일까. 가슴이 답답해졌다. "누군가의 삶을 내가 가져간 게 아닌가"라고 말한 어느 영화감독의 말이 머리에서 맴돌았다.

밤 사냥을 떠나며

미국에 있는 아들 집에 다니러 왔다. 아직 시차에 익숙해지지 못해서인지 며칠째 잠을 설치고 있다. 눈을 떠보면 새벽 한 시다. 가족이 다 잠든 밤에 혼자 깨어 뒤척거리며 아침을 기다리는 시간은 길고 지루하다. 낯선 집에서 목말라 어둠을 더듬어 냉장고 앞으로 다가갈 때 여기저기 부딪치고 계단을 잘못 짚어 허방을 디디기도 한다. 냉장고 문을 연 순간 그 불빛이 얼마나 환하던지 놀라 냉장고 문을 닫는다. 다시 어둠에 휩싸인다. 생수병을 들고 살금살금 방을 찾아들어 어슬렁거리다가 노트북의 전원을 켠다. 커서가 깜박거리고 있다.

커서가 한참을 깜박거리다 화면이 깜깜해진다. 무언가를 써야 하는데 아무것도 쓸 수가 없다. 머릿속이 텅 빈 것 같다. 흰 백지를 앞에 두고 있는 것은 어둠 속으로 밤 사냥을 떠나는 것과 같다는 말이 떠오른다. 글을 쓴다는 것은 밤 사냥처럼 막연하기 때문이다. 아무 생각 없이 떠나는 밤 사냥은 얼마나 아득하고 막막하겠는가. 한 치 앞이 보이지 않는 어둠에 잔뜩 겁을 집어먹고 두리번거리며 허방 속으로 한 발 두 발 내딛는 그 두려움을 어떻게 표현할 수 있겠는가. 그런 밤길은 소경이 지팡이로 더듬거리고 가는 것과 다름없겠다. 눈앞에 어떤 장애물이 있을지, 사냥이 아니라 내가 어떤 동물에게 역습을 당하는 건 아닌지 사람이 쳐놓은 덫에 걸리는 건 아닌지 심히 불안하겠다. 밤길을 가면 바람에 스치는 바스락 나뭇잎 소리에도 가슴이 졸아들고 내 발자국 소리에 지레 놀라 식은땀을 흘리겠다. 내 그림자가 달빛에 어룽거리며 흔들려도 가슴을 쓸어내리겠다. 찔레 넝쿨에 옷자락이라도 걸리면 누군가 어둠 속에서 나를 잡아끄는 줄 알고 혼비백산하겠다.

밤 사냥에서는 낮 사냥의 모든 것이 통용되지 않는다. 밤에는 낮과 다르게 숨 쉬고 보고 듣는다. 심장도 섬뜩한 세계에서는 다르게 고동치고 짙은 어둠 속에서 동공이 더욱 커지고 깊어진다. 야생의 동물과 다를 게 없다. 두 눈을 부릅뜨고 정신을 바짝 차리고 귀를 쫑긋 세우고 마음을 가다듬어야 한다. 밤이 숨 쉬고 내뿜는 소리를 들어야 한다. 밤의 촉감은 실크나 벨벳을 만지는 것처럼 참으로 감미롭고 기분 좋다. 그러면 어둠 속의 풍경이 보인다. 그때 정원을 꾸미듯이 영혼을 꾸미고 돌보아야 한다. 그 느낌을 오래 간직하고 싶어 눈을 더 크게 뜬다. 이렇듯 밤 사냥을 떠나는 자는 다르게 산다는 것을 인식해야 한다. 밤 사냥을 떠나면 모든 의미가 달라진다. 지금까지 무언가 알고 있다고 믿어왔지만 실은 아무것도 모른다는 사실에 직면하게 된다. 내가 참으로 무지하다는 것을 새삼 깨닫는 순간이다. 밤 사냥을 떠나는 자는 이 세계가 안전하지 않다는 사실을 깨달아 알기 때문이다. 밤 사냥은 이미 계획했던 대로 실행할 수가 없다. 불확실하고 예측할 수 없다. 이 불확실성은 글쓰기의 본질과 같다. 불확실성에 대한 인내야말로 글쓰기나 밤 사냥의 필수 조건이다.

황금빛은 어디에서 오는가

12월은 아쉬움이 많은 달이고 생각이 많은 달이다. 인디언들은 12월을 '무소유의 달', '나뭇가지 뚝뚝 부러지는 달', '다른 세상의 달'이라고 부른다. 그들이 달(月)을 명명하는 것만 보아도 자연에 순응하는 법을 터득하고 나무를 보며 마음 비우는 법을 깨달았다는 것을 알 수 있다

텅 빈 가지 사이로 보이는 하늘이 좋아 무작정 걷다가 나뭇잎 다 져버린 겨울 숲에 들었다. 언덕을 타박타박 걷다 보니 많은 골짜기 중에 한 곳이 환하다. 그곳에 전구라도 밝혀놓은 듯했다. 저 빛은 어디에서 오는가 하고 주변을 두리번거리며 살펴보았다. 앙상하고 키 큰 나무가 마른 가지를 하늘 깊숙이 찔러 넣고 있었다. 그 나무가 햇빛을 받아 찬란하게 빛났다. 오래전 어린 시절 크리스마스카드를 만들 때 금빛 가루를 카드에 칠했던 것처럼 그랬다.

나무는 제가 받은 빛을 반사해 주변의 나무들까지 황금빛으로 찰

랑거리게 했다. 그 오묘한 빛잔치를 무어라 말로 표현할 수가 없다. 나는 가던 길도 잊고 나무 한 그루가 겨울 숲을 고요히 금빛으로 물들이고 있는 것을 바라보았다. 가슴이 벅차 한동안 가만히 서 있었다. 나무가 초록 잎을 무성히 매달고 있으면 햇빛을 받아도 저런 빛이 뿜어져 나오지 않는다. 잎이 다 떨어졌기에 가능한 것이다. 언젠가 신록의 잎에서 차가운 은빛이 흘러나오는 것을 보았다. 계절에 따른 빛의 조화가 참으로 경이롭다

잘생기지도 않은 갈참나무 한 그루가 숲을 금빛으로 술렁이게 했다. 바라보는 나도 금빛으로 물드는 기분이었다. 저 나무가 신의 은총을 받은 것 같았고, 신의 은총이 바로 이런 것이 아닐까 싶었다. 우리는 남보다 먼저 더 많이 은총받기를 원한다. 받은 것을 두고도 내 것과 남의 것을 비교하고 무게와 크기를 재보려고 안달이다. 그러나 저 나무는 제가 받은 것을 아낌없이 나누어주고 있지 않은가. 짧은 순간에 본 숲의 빛 잔치는 신의 은총 같아서 오래도록 여운이 남았다. 나는 은총은 멀리 있는 것이 아니라는 것을 깨달았다. 내가 받은 것을 즐거이 나누어주는 마음 자세가 은총이라는 것을 알았다.

얼마 전 어느 교수님의 정년 퇴임 기념 음악회가 있었다. 뒤풀이 자리에서 그분의 인사말이 인상 깊었다. "그동안 두 주먹을 꼭 움켜쥐고 분주하게 살았습니다. 그러나 이제 와 주먹 쥔 손을 펼쳐보니 아무것도 없고 땀에 젖은 손금밖에는 없었습니다. 내가 소유하고 있는 것은 사실 따지고 보면 내 것이 아니고 잠시 내게 왔다 가

는 것이라는 것을 깨닫는 데 한평생이 걸렸습니다"라고 하셨다. 모두들 박수를 치면서 와— 하고 웃었지만 숙연해지는 한마디였다.

이 말은 외부 세계를 바라봄과 동시에 내면을 응시하는 눈을 잃지 않는 데서 나온다. 마음을 응시하려면 조용한 시간이 필요하다. 겨울나무가 모든 것을 털어내고 조용히 휴식을 취하듯이 말이다. 이제 주위를 돌아보아야 할 것 같다. 그동안 나도 앞만 보고 사느라 주변을 살펴보지 못했다.

올 겨울은 예년보다 더 춥게 느껴진다. 마음이 추워 움츠러들었나 보다. 어느 시인의 "연탄재 함부로 발로 차지 마라／너는／누구에게 한 번이라도 뜨거운 사람이었느냐"라는 시가 떠오른다. "누구에게 연탄 한 장의 온기를 나누어준 적이 있었던가?" 하고 나에게 묻는다. 삶이란 다른 이에게 기꺼이 연탄 한 장이 되어보는 것 아니던가.

12월은 다 비우고 침묵하고 있는 나무에게서 감사와 사랑을 배우는 달이다. 나무는 다 비워야 엄동설한의 '얼음 반짝이는 달'(1월)을 견뎌낸다. 그래야만 또 '삼나무에 꽃바람 부는 달'(2월), '마음을 움직이게 하는 달'(3월), '생에 기쁨을 느끼게 하는 달'(4월)을 즐거이 맞을 수 있다. 생의 기쁨은 같이 나누는 데 있다. 혼자 느끼는 기쁨은 온전한 기쁨이 될 수 없지 않은가.

밥값

지나가다 공터에 비닐 천막이 쳐져 있는 것을 보았다. 거기에 예배당처럼 사람들이 나란히 앉아 있었다. 무슨 일로 아침부터 사람들이 저기 앉아 있지? 집회가 열리고 있나? 하고 보니 무료급식소가 차려져 있었다. 노인들이 밥 한 끼를 해결하기 위해 기다리는 중이었다. 내가 지나갈 때가 오전 11시경이었다. 그 시간에 벌써 길게 줄 서 있었다. 그쪽으로 눈이 자꾸 갔다. 그러나 저 급식소에 앉아 밥을 기다리는 사람들 모두가 급식을 먹어야 할 만큼 어려운 형편인가 하는 생각이 들었다.

형편이 어렵지 않은 사람들도 무료로 급식을 먹을 수 있기에 기다렸다가 점심 한 끼를 해결하고 간다고 한다. 그중에는 이 구역 저 구역 요일별로 급식소를 찾아다니며 끼니를 해결하는 사람들도 있다는 말을 들었다.

무료급식소에서 기다리는 노인들을 보면서 떠오르는 생각이 '밥값'이란 단어였다. 우리 사회가 저들이 밥값을 할 수 있도록 일할 수 있는 일자리를 만들어줄 순 없을까? 연륜과 경험 많은 노년층이 할 수 있는 일이 있을 텐데 말이다. 예전에 농사를 짓는 농부들은 생을 마감할 때까지 밭에 나가 일을 했다. 노년층에게 일자리가 주어진다면 삶의 질이 훨씬 나아질 것이다.

정호승 시인의 「밥값」이라는 시 시 몇 구절이 떠올랐다.

> 아무래도 제가 지옥에 한번 다녀오겠습니다
> 아무리 멀어도
> 아침에 출근하듯이 갔다가
> 저녁에 퇴근하듯이 다녀오겠습니다
> 너무 염려하지는 마세요
> 지옥도 사람 사는 곳이겠지요
> 지금이라도 밥값을 하러 지옥에 가면
> 비로소 제가 인간이 될 수 있을 겁니다.

현실을 아이러니하게 보고 비하하는 것 같아 읽으며 웃다가 목에 가시가 걸린 것처럼 가슴이 아릿했다. 쌀 한 톨에는 해와 바람과 비가 스며들어 있으며, 열한 번 사람의 손길이 스쳐야 우리 입으로 들어오게 된다. 그 수고를 알고 보면 밥도 경전이다. 예전에 나의 할머니도 집에서 빈둥거리면 밥값 좀 하라고 하셨다. 오늘 밥값 했나?

애별

지난해 일본 홋카이도로 설경을 보기 위해 갔다. 사실은 눈 속에서 온천욕을 한다는 유혹적인 말에 끌려 갔다. 여행 도중 도로 표지판에서 애별(愛別)이라는 지명을 보았다. 산속에 있는 숙박 장소로 이동하고 있을 때였다. 표지판에서 본 애별이란 말이 내내 걸렸다. 어떻게 마을 이름에 애별이라는 이름을 붙일 수 있는가 하는 생각에서였다. 나는 저녁 식사를 하는 둥 마는 둥, 온천탕에 들어가는 둥 마는 둥, 다다미방으로 돌아와 사각거리는 옥양목 이불깃에 기대어 창밖에 눈발이 스쳐가는 것을 보며 애별을 생각했다.

눈발이 하나둘 떨어지다가 후루룩 떨어지는 것이 창문에 비쳤다. 시골집 뒤뜰 대나무 가지들이 바람결에 흔들리며 창호지 문에 그림자를 남기듯이 눈발이 떨어지는 것이 대나무 그림자가 바람에 흔들리는 것처럼 여겨지기도 했다.

그 다음 날 돌아 나오면서 애별이라는 도로 표지판을 다시 보게 되었다. 어떤 사연이 있기에 애별이라 했을까? 못내 궁금했다. 나는 여행에서 돌아와서도 애별, 애별 하며 중얼거렸다. 애별의 뜻을 사전에서 찾아보기도 했다. 그렇게 애별을 품고 가슴앓이를 하다가 나온 시가 애별(愛別)이다. 애별이라는 말이 나에게 와서 이스트 넣은 빵 반죽처럼 부풀어 오르기도 하고 말랑거리고 끈적거리기도 했다. 애별은 이상한 힘을 가지고 있었다. 애별은 내가 아는 애별도 네가 아는 애별도 아니라는 생각이 들었다. 애별에는 여전히 은빛으로 빛나는 눈이 산 정상에 쌓여 있을 것이고 밤이면 별들이 소복이 내려왔다가 갈 것이다.

참 이상한 일이다
도로 표지판에서 분명히 보았는데
어디에도 없다 지도에도 없다
낮에 본 애별에 마음 베이고
몸은 벌써 애별에 들어 애별을 앓고 있는데
참 이상한 일이다
애별은 추억을 안고 애처롭게 울던 새끼 고양이
애별은 가물어 바닥 드러낸 저수지
애별은 내가 아는 애별도 네가 아는 애별도 아니다
해 뜨고 바람 불고 산꼭대기 흰 눈 위로 애절하게
노을 지는 동안 애별에는
아무런 일도 일어나지 않았다

애별　　　　　　　　　　　　　　　　　　　　　　　　203

다른 시계가 작동하는 것 같았다

시간이 평상시와 달리 밀가루 반죽처럼

말랑거리고 끈적거리며 달라붙었다

이스트 넣은 반죽처럼 부풀기도 했다

참 이상한 일이다

애별은 어떤 물질성을 가지고 있는 것 같았다

외로움을 확보하는 순간 힘이 났다

별의별 생각을 다하며

애별을 낳다가 애별을 놓쳤다

— 졸시 「애별(愛別)」 전문

지혜의 문을 향하여

찜질방 사우나 문을 열고 들어서니 여자들이 소복이 둘러앉았다. 구석에 자리를 잡고 앉으려니 그중에 나이 지긋한 이가 "문이 열려야 가지요" 한다. 문이라는 말에 내 귀가 쫑긋해졌다.

병원 중환자실에 오래 누워 있는 어르신에 대한 이야기를 하던 중이었나 보다. "문이 열릴 때까지 기다려야지요. 다 때가 있는 거예요. 이승의 시간을 다 채워야 가지요" 하는 게 아닌가. 사실 모든 것은 때가 있다. 하지만 우리는 그때를 내 의지대로 할 수 있다고 믿고 앞으로 밀고 나가다가 큰 코 다치기 일쑤다. 난 정신이 번쩍 들었다. 우리가 살면서 내 마음대로 하는 것 같아도 내 마음대로 할 수 있는 것은 별로 없지 않은가. 모든 것은 때가 있으니 그때를 위해 준비하고 기다려야 한다.

고단한 삶의 흔적이 느껴지는 저 여자의 입에서 저런 말이 나오다니, 예사롭지 않은 말을 이런 곳에서 듣게 되다니. 사실 우리는 세상에 올 때 문 열고 왔으니 저 세상에 갈 때도 문이 열려야 간다. 저 여자의 말은 사물의 이치나 상황을 제대로 깨닫고 그것에 대해 현명하게 대처할 방도를 일러주는 지혜로운 말이다. 삶의 지혜는 정장 차림으로 격식 갖추고 찾아오지 않고 준비하지 않은 상황에서 이렇게도 오는가 보다.

여름이면 열린 창문으로 불빛을 찾아 나방이 방으로 들어왔다가 여기저기 부딪히면서 파닥이는 경우를 더러 본다. 창문이 열려 있어도 방 안을 맴돌기만 하고 나가지 못한다. 다음 날 창틀에 죽어 있는 나방을 보게 된다. 들어온 문이 나가는 문인데, 그 길을 찾지 못해 밖으로 나가지 못한다. 우리도 우매한 나방과 다르지 않다.

우리는 살아가면서 성공할 때보다 좌절하고 실패할 때가 더 많다. 실패를 하면서 인생의 쓴맛을 보았을 때 어떻게 극복해나가느냐가 중요하다. 속 시원한 해결책이나 지름길이 있으면 얼마나 좋겠는가. 사람들은 솔로몬의 지혜를 갖길 소원하지만 어떻게 구해야 하는지 모른다. 솔로몬은 자신은 아이와 같으니 하나님께 지혜를 달라 했고, 하나님의 때를 알아듣는 귀를 달라고 기도했다.

지혜는 지식으로 얻을 수 있는 것이 아니다. 학식 있고 부유하다고 해서 지혜로운 것도 아니다. 나이를 떠나 교육을 많이 받지 않아도 지혜로운 사람이 있다. 그럼 지혜는 어디서 오고 어디서 구하는 걸까? 지혜는 눈에 보이지 않아 "여기 있다" 하고 보여줄 수도 없다. 인디언들은 자식들에게 지혜는 각자 자기 힘으로 찾아야 한다며 스스로 깨우치도록 했다.

"책은 지식을 주고 인생은 지혜를 준다"는 말이 있다. 현대인들은 백 년, 천 년 전과 비교하면 방대한 지식을 가지고 있다. 그러나 지혜에 있어서는 퇴보하고 있는 것 같다. 지식은 나날이 진보하고 발전해나가지만 지혜는 언제나 그 자리에서 변함없다. 오천 년 전에 쓰인 성서나 구전으로 내려온 『탈무드』가 지혜의 보고(寶庫)인 것만 보아도 알 수 있다. 우리는 지식보다도 오히려 지혜를 더 배워야 한다. 지식의 책만 읽을 것이 아니라 지혜의 책을 읽어야 한다. 현대인들은 책을 많이 읽지만 생각하지 않는다. 책을 읽기만 하고 생각하지 않으면 아무리 읽어도 나귀 등에 책을 싣고 가는 것과 다를 바 없다. "책을 읽을 때는 행과 행 사이 행간을 읽으세요" 하시던 스승의 말이 떠오른다. 책을 읽으면서 사유하라는 말씀이리라.

그동안 지혜가 나를 찾아왔는데 아둔한 내가 알아차리지 못했던 건 아닌지. 피곤하고 바쁘다는 핑계로 게으름 피우며 한눈을 파는 사이에 지혜가 문 두드리다 그냥 간 건 아닌지. 이런 생각들을 하다가 나도 지혜를 맞이하기 위해 침침한 눈에 돋보기 끼고 성경을 읽는다.

애달픈 색

입춘이 지났으니 봄이 멀지 않다. 창밖에는 봄비가 자작자작 내리는데 봄의 색인 진달래꽃 빛깔이 문득 머리를 스치고 지나간다. 진달래는 색이 고와서 슬프고, 촌스러워서 애달프다. 꼭 여인네가 잔칫날을 기해 일 년에 한 번 꺼내 입은 분홍 한복 같아서다. 한복을 곱게 차려입고 타박타박 바람에 날리며 가는 듯하다. 여기서 그 여인이 어쩌면 내 무의식 속의 어머니일지도 모른다. 어머니가 정말 분홍색 한복을 입었었는지 아닌지는 중요하지 않다. 하여간 진달래색 분홍색은 어머니를 떠올리게 한다. 나에게는 예사롭지 않은 색이다. 선정적이라 눈에 뜨이는 색이고 아무나 소화하기 힘든 색이다. 그런데 왜 어머니의 치마와 연결된 것일까?

그 화양이 이 화양인가

나 어린 고모는

니 엄마 화양 장터에 있다며 놀렸다

정말 엄마가 거기 있기나 한 듯

울다 울다 지쳐 잠들면

한없이 낯선 골목 헤매는 꿈 꿨다

그런 날은 꿈도 몹시 고단했는지

이불에 지도를 그리곤 했다

엄마의 매운 눈초리에 바가지 들고

키 쓰고 대문 밖에 쪼그리고 앉아

남쪽 어딘가에 있다는 화양을 떠올렸다

혼자 몰래 빨아먹는 박하사탕처럼

화하고 달콤했던 화양

청도 가다 이서 지나다 본 화양

엄마 몰래 사탕 훔쳐 먹다 들킨 것처럼

화들짝 놀라 브레이크에 발이 간다

엄마가 거기 있기나 한 듯

자꾸 뒤돌아보게 하던 화양.

— 졸시 「화양」 전문

　화양이라는 단어에 색을 입힌다면 진분홍일 것 같다. 그래서인
지 화양과 진달래가 겹쳐진다. 어머니는 다섯 살 어린 나를 시골 할

머니 댁에 맡겨놓고 아버지가 계신 서울로 갔다. 나는 어머니와 떨어져 지내야만 했다. 그래서인지 나는 어린 시절 신작로를 멍하니 바라보던 일이 떠오른다. 하루에 두어 번 지나가는 버스를 기다렸다. 버스에서 내릴 어머니를 간절히 기다렸다. 오늘은 오시려나 하매 오시려나 하고 신작로로 눈길을 주었을 것이다. 어머니는 이미 돌아가셨으니 어디다 물어볼 수 없지만, 어머니가 봄날 진달래 피던 시절에 나를 두고 가셨던 건 아닐까. 그래서 봄이면 지천으로 피는 진달래가 슬프고 애달픈 색으로 각인된 건 아닐까. 그래도 어머니를 기다리던 그 시절이 내게는 화양이었는지도 모른다. 그때 이미 기다림을 터득했는지도 모른다.

신의 지문

나는 더위가 기승을 부리는 한여름이면 외출을 삼가고 집에서 책을 읽거나 글을 쓴다. 이번에는 그레이엄 헨콕의 『신의 지문』을 펼쳐보게 되었다. 그 책 속에 빠져 눈은 책을 따라가고 마음은 저 멀리 광활한 몇만 년 전의 벌판을 헤매었다. 기묘한 (티아우아나코의) 안데스 문명의 유적, 멕시코의 태양의 신전과 달의 신전, 이집트의 대 피라미드와 스핑크스 등 많은 고대 유적을 샅샅이 탐사해, 태고의 사라진 문명이 남겨놓은 뚜렷한 지문을 보여주고 있다.

헨콕은 고대 역사의 계보에서 큰 자리를 차지하는 고대 이집트 문명을 훨씬 더 선행하는 초고대 문명의 존재를 증언하고 있다. 고고천문학, 지질학, 고대 신화의 컴퓨터 분석 등의 다양한 접근 방식을 통해 강력한 증거를 제시하고, 비교 분석해서 알기 쉽게 설명해놓았다. 상하로 된 두 권은 역사와 지리 천문학, 수학 등의 해박한 지식으로 정확성을 기하고 있었다. 처음에는 호기심으로 고대 문명의 발달에 흥미를 느껴 읽기 시작했지만 끝까지 읽기에는 인내가 있어야 했다.

고대 문명의 유적이 만들어진 연대를 기원전 15000년에서 10000년 사이로 추정하고 있었다. 현 역사학자들은 그 사실을 부정하고 있다. 현재 존재하는 것 중 가장 오래된 유적의 시대를 그들은 보통 기원전 2500년경이라고 여기고 있으니까. 현대 역사학자들의 말대로 과연 현 인류가 그 유적들을 만들었을까. 다윈의 진화설을 믿어야 할까 강한 의문이 들었다. 의문에 대한 답을 찾으려는 마음이 책을 끝까지 읽게 했던 것 같다.

왜 그들은 그 거대한 석상과 피라미드를 이 지구상에 만들어놓았을까. 또 어떤 것은 완성하지 못하고 중도에 그만두었을까. 그들은 우리에게 어떤 의미를 전해주고 있는 걸까. 현 인류보다 먼저 이 우주에 살다 간 그들. 그들의 소리 없는 아우성이 바람에 실려 오는 것 같아 쉬 잠들 수 없었다.

정확하게 앞을 내다보았던 고대인들의 지혜에 놀랄 뿐이다. 그들이 남긴 흔적은 무슨 의미이고 무슨 말을 하려고 했던 걸까. 모든 것이 베일에 싸여 있다. 우연히 존재하는 것은 하나도 없으며, 무엇 하나 우연히 일어나는 것은 없다고 한 호피족 할아버지의 말이 뇌리를 떠나지 않았다. 하루하루의 삶이 소중하다. 한번쯤 우리를 앞서간 거대한 인류의 물결을 생각해보게 되었다. 한 사람 한 사람의 존재가 하찮은 존재가 아니라 어떤 의미가 있음을 느끼게 했다.

이 책을 읽으면서 어떤 강력한 신의 존재에 대한 두려움에 전율

했다. 문득 등 뒤에 보이지 않는 어떤 강한 손이 나를 누르는 것 같았다. 그 누군가 무한한 시간의 벽을 넘어 이 저녁, 나를 보고 있는 것 같다. 이 우주, 지구에 살아 있다는 것이 무한히 기쁘고 두려워 외경심마저 들었다.

각 나라의 건국신화가 갖는 공통적 맥락을 분석하고 지구의 세차운동을 자세히 관찰하면 인류의 생존을 위한 처절한 몸부림을 읽어낼 수 있다. 핸콕의 지적에 따르면, 빙하기야말로 현재 인류가 도전해야 할 피할 수 없는 과제라 한다. 혹독한 지구 환경 변화가 있었던 그 시절 고대인들이 우리에게 전해준 메시지이기에 그 비밀을 풀어야 한다. 그들은 무수히 우리에게 메시지를 전하고 있지만 우리가 너무 성급하고 아둔해서 못 알아듣고 못 보는 것인지도 모른다. 우리 인간의 힘으로 안 된다면 세상을 창조하신 하나님에게 물어보아야겠다. 하나님은 이 비밀을 아실 테니까.

말구멍

　　오래전의 일이다. 고모 얘기다. 어머니가 결혼하던 해에 태어난 고모. 그 고모가 열네다섯 살 때였다. 할아버지 할머니 몰래 친구와 함께 강 건너 영화를 보러 갔다 온 사건이다.

　　내가 태어난 곳은 경북 의성군 단밀면 율리로 낙동강이 바로 집 앞을 흐르는 곳이다. 나는 강물 소리와 시시각각 변하는 강물 색을 보며 자랐다. 강은 나와 하나가 되어 내 몸으로 흘러든다는 생각을 했다. 그래서인지 유독 물에 관한 시편들이 많다. 예전에는 다리가 놓이지 않아 뱃사공이 품삯을 받고 버스며 소, 돼지도 배를 타고 강을 건너던 때였다. 한겨울에 강이 꽁꽁 얼면 사람들은 강 위로 건너다녔다. 그날도 얼어붙은 강을 건너갔다 오다가 고모의 친구가 강물에 빠져 죽었다. 고모는 그 친구를 잃고 혼이 나간 사람처럼 지냈다. 할아버지가 화가 나서 고모의 머리를 박박 밀어 집에 가두어놓았다.

그때 어머니가 물에도 숨구멍이 있단다, 강이 꽁꽁 얼어도 숨구멍은 얼지 않는다며 주의를 주었다. 그 후 나는 물의 숨구멍에 대해 생각했었다. 물에도 숨구멍이 있으면 그릇에도 숨구멍이 있겠다 싶었다. 사기그릇이나 질그릇은 숨을 쉴 수 있다고 하는 말을 어디에선가 들었다. 그렇다면 말에도 숨구멍이 있을 거라고 생각했다. 질그릇같이 숨구멍이 있는 말구멍이 있을 거라 여겼다. 그런데 내가 말구멍에 코를 박고 허우적거리고 있을 줄이야.

말구멍이란? 바로 시(詩)가 아닌가. 시의 언어가 말의 숨구멍 역할을 한다는 생각이 들었다. 시가 나의 숨구멍이다.